U0024490

大唐秘梟
卷·5
終南捷徑
方白羽著

大唐秘梟

卷·5 終南捷徑

目錄

第一章 入仕

「所以你道士也不做了，卻想來做官？」李隆基捋鬚沉吟道，「不過，司馬道長在信中並沒有說你有多高的才能，只說你聰慧伶俐，學東西很快，有培養前途。這麼說來，該讓他做個什麼官好呢？」

張果愣了半晌，突然一跳而起，怒道：「你他媽這是成心消遣老道！」

任天翔見張果雙目圓瞪，心中不禁有些害怕，正待說兩句軟話暫時緩和氣氛。卻見張果的目光已越過自己頭頂，落在自己身後極遠處。幾乎同時，任天翔聽到身後傳來急促的鐘聲，悠悠揚揚從半山腰傳來。

任天翔不用回頭也聽出，這鐘聲來自陽臺觀。

聽這鐘聲一聲緊似一聲，全然沒有道家的恬淡和從容。張果也詫異道：

「陽臺觀的道士好歹也是司馬承禎的門人，遇到點事怎麼如此慌張？道爺不過是掠走你這個不相干的外人，他們竟敲起了警鐘。」

任天翔奇道：「啥叫警鐘？」

「這是道門召集同門的緊急鐘聲。」張果臉色異常凝重，「這是向同門呼救的鐘聲，通常只有在遇到危險時才不得已敲響。奇怪，誰能令陽臺觀向同門呼救？」

任天翔也有些奇怪，原以為多半是因為自己莫名失蹤，讓褚剛抓狂，只好向陽臺觀要人，雙方一言不合起了衝突。不過轉而一想，褚剛在張果面前連還手之力都沒有，在司馬承禎面前只怕也好不了多少。

就算他在陽臺觀鬧事，司馬承禎肯定也用不著小題大做。想到這，他忙對張果陪笑道：「既然張道長的同門遇到麻煩，你還是儘快趕去看看吧。我就不麻煩張道長相送了，我還認得下山的路。」

張果一聲冷哼：「你想得倒美！」話音未落，他已一把抄起任天翔，將他挾在腋下，身形一晃便向山下掠去。

任天翔只感到兩耳風聲呼呼，兩眼景色變幻，令人頭暈目眩，不知身在何方。幸好這種感覺沒有持續多久，張果終於停了下來。

雖然夾著一個人，他的速度依然快逾閃電，根本不受影響。

任天翔這才睜眼一看，但見張果置身於陽臺觀三清殿上方的屋簷之上，這裏是整個陽臺觀的最高處，從這裏望去，整個陽臺觀盡收眼底。

就見陽臺觀的道士都集中到了三清殿前的庭院中，數十人正神情緊張地關注著庭院中央的觀主司馬承禎，以及圍著他快速疾走的三條白色人影。就見司馬承禎單足立地，身形猶如陀螺般滴溜溜在轉，雙手大袖翻飛，在自己周圍捲起了一股旋風，將自己整個人完全包圍。

在司馬承禎捲起的旋風外圍，三道白色的人影嫋如青煙，迅若鬼魅，正圍著他快速疾走。

三人不時向旋風中央試探出手，卻屢屢被震了回來，不得前進半步。看雙方這形勢，司馬承禎暫時衝不出三人的包圍，而這三人卻也攻不進去，雙方正在僵持。

在四人激戰的外圍，尚有一名白衣女子正笑語晏晏地在一旁觀戰，看其服飾打扮，似乎與那圍攻司馬承禎的三人是一路。

見同伴久攻不下，她突然開口道：「司馬道長世外高人，果然不同凡響，晚輩見獵心喜，也想一併請教。」

話音剛落，她也曼舞長袖加入了戰團。如此一來，就見中央的旋風漸漸縮小，似遭到四人莫大力量的壓迫。

「奇怪！」張果見狀，不禁喃喃自語道，「以司馬承禎之能，就算以一敵四，這世上只怕也找不出幾個對手，這幾個人年紀輕輕，為何能有這等功力？而且老道似乎從未聽說過他們。」

任天翔突然笑道：「這幾個人我倒是僥倖見過，張道長若想知道，先將我放下去再說，這麼高的地方我看著頭暈。」

張果聞言雙目一瞪：「有話快說，有屁快放，老道最煩別人跟我談條件。」

任天翔無奈嘆道：「他們一個叫張三，一個叫李四，一個叫王五，一個叫鄭六。」

「完了？」張果忍不住追問，見任天翔臉上掛著調侃的笑意，頓時恍悟，怒道，「這世上哪有人正好叫這幾個名字，你他媽是在消遣老道？」

任天翔故作害怕地道：「道長別再嚇我，要不，我另外再編幾個名字，總之，給足你老面子便是。」

張果第一次遇到任天翔這種奸猾之徒，逼急了，也許他真會胡說一通來矇自己，想到這，他挾任天翔落到後殿，將他穩穩放到地上，這才問：「你現在可以說了。」

任天翔整整衣衫，這才從容道：「我在白馬寺曾經見過他們一次，他們是摩尼教徒，自稱摩門弟子。這圍攻司馬道長的四人，乃是摩門五明使，我只知道他們一個叫明友，一個叫大般。哦，不對，叫明友那個已經死在白馬寺了。」

張果雙眉緊皺，喃喃問：「明友？大般？這世上怎麼有這等怪名字？」

任天翔笑道：「他們來自西域，名字與中土自然大相徑庭。哦，對了，我還知道他們的大教長叫拂多誕，還有個小姑娘叫艾麗達，是個美人胚子。」

張果正待細問，突聽前殿庭院中傳來眾道士的驚呼，他側耳細聽，頓時神情大變，失聲道：「司馬承禎傷勢未痊癒，恐怕要吃大虧。好歹是道門一脈，我得去幫幫他。」話音未落，他已丟下任天翔向前殿撲去。

「等等我！」任天翔急忙追了上去。

就見張果穿過三清殿，直奔激戰中的五人，人未至，雙袖捲起的颶風已經撲面而至，將圍攻司馬承禎的四人逼得不由自主退開數步。

張果跟著喝道：「哪來的邪魔外道，敢在我道門聖地撒野？」

四人對張果的出現顯然沒有料到，俱有些詫異，自忖憑四人之力，對付一個司馬承禎都十分艱難，再加上一個與之不相伯仲、來歷不明的絕頂高手，四人反而落在下風。

四人交換了一個眼神，其中那個膚色白皙、碧眼金髮的女子嫣然笑問：「不知道長怎麼稱呼？淨風這廂有禮了！」

張果大大咧咧地道：「道爺原名張果，如今年歲漸高，便叫張果老。」

自稱淨風的女子微微頷首笑道：「原來是張道長，晚輩今日原本只是來向司馬道長切磋印證道門之絕技，沒想到被張道長攪局。張道長若有興趣，可到長安來與咱們印證，咱們在長安恭迎道長大駕光臨。」

話音未落，四人已飛速後退，與四人同來的十幾名白衣人，也隨之徐徐退去，沒有任何忙亂或慌張。

陽臺觀眾道士雖然心有不甘，但迫於對方的氣勢，只能虛張聲勢地追在他們身後，卻不敢過分迫近。

「行了，讓他們走！」司馬承禎一聲清斥，眾道士只得讓開去路。待眾人走遠，司馬承禎不由跌坐於地，滿臉蒼白，氣喘吁吁。幾個道士見狀急忙上前問候，卻見他搖頭苦笑道，「老了，不中用了。今日若不是張果師弟趕來相救，老道一世英名，就要毀在幾個來歷不明的年輕人手裏。」

「這是怎麼回事？」張果忙問，「他們為何要找師兄的麻煩？莫非他們不知道師兄乃聖上親封的道門第一人？」

司馬承禎搖頭苦笑道：「他們就是衝著這虛名而來，說是要替師父稱量道門第一人這名頭的真偽，如果我能勝過他們四人，摩門大教長將親自登門與我論辯摩、道兩門的奧義。老道對那拂多誕也是有所耳聞，一時自負便答應下來，沒想到這四人年歲不大，功力卻遠勝普通江湖高手。若非師弟攪局，老道這回就算是徹底栽了！」

張果忙擺手道：「師兄也別妄自菲薄，你不過是三個月的傷勢尚未痊癒，功力大打折扣而已。你我原本約定今日再戰，以確定法篆和丹書鐵券的歸宿，現在看來還得往後再推。我這麼多年都等了，也不急在這一時。」

任天翔見張果正與司馬承禎忙著討論下一次決鬥的時間，便趁著二人不備悄悄開溜。

混在眾道士中看熱鬧的褚剛見狀，也跟著他悄悄往外就走。

眼看就要出得陽臺觀大門，卻見一個風姿綽約的道姑攔住了去路，任天翔見狀，心中暗自叫苦，只得陪著小心拜見：「晚輩拜見公主殿下。」

就見玉真公主捋了捋兩邊鬢髮，恨恨地盯著任天翔打量半晌，最後卻幽幽嘆道：「我不知道你對我女兒使了什麼手段，竟令她寧可委屈自己，也不願傷害到你。她還要我給皇兄寫了封信，以備不測。」

說著，玉真公主從袖中拿出一封信，遞到任天翔面前，「官場險惡，如果你遇到危險，可將我這封親筆信交給聖上，也許在必要的時候，可以救你一命。」

任天翔心中既意外又感動，忙將信仔細收入懷中，對玉真公主恭敬一拜：「多謝公主殿下，請公主殿下轉告慧儀郡主，我任天翔會一輩子記著她的恩情。」

拜別玉真公主，任天翔與褚剛急忙下山。

直到下得王屋山，任天翔才稍稍安心了一點。回想這三個多月以來的離奇經歷，恍若有種做夢般的不真實感。

馬車一路疾馳，直奔長安城。

途中，任天翔忍不住問：「我離開這段時間，一切可還好？」

褚剛知道任天翔最是牽掛妹妹，忙答道：

「洪勝幫那邊我一直派人盯著，洪邪對任小姐表面上還算好，背地裏就不知道了。如今義安堂與洪勝幫成了姻親，也暫時相安無事。韓國夫人開始讓心腹經營陶玉，生意蒸蒸日上，她得了莫大好處，也沒有再追究公子的去向。上官雲姝這冷美人回了韓國夫人身邊，就小薇這醜丫頭一直留了下來，說是要等公子回來。對了，咱們租住的宅院快到期了，若要續租，還得交一大筆錢……」

任天翔突然問：「我上次讓你去查任重遠的死因和那個什麼如意夫人，有沒有消息？」

褚剛一愣，愧然道：「我查了，暫時還沒有什麼有用的消息。不過你放心，我已經托了風媒去打聽，相信重賞之下，必有線索。另外還有江玉亭的死，也有不少疑點，我也一併托了風媒在查，你儘管放心好了。」

任天翔神情怔忡地點點頭，見窗外一座巍峨的宅院正在修建，他不禁嘆道：「不知道咱們什麼時候才能有自己的宅院，最好能像眼前這座宅院那般巍峨宏大。」

褚剛突然笑道：「公子還不知道這是誰的府邸吧？這是驃騎大將軍安祿山的新宅。聖上認為當初賜給安祿山的府邸太過寒酸，配不上他的身分，特令工部建造現在這座將軍府，其規模在長安城也是屈指可數。真不知安祿山有何能耐，竟能讓聖上如此信賴和恩寵。」

任天翔從車窗中打量著即將完工的將軍府，若有所思地自語：「恩寵倒是恩寵，信賴卻是未必。」

見褚剛不解，任天翔笑著解釋道，「安祿山的老巢在范陽，家眷子女都在那裏。如今卻在長安給他修建如此奢華的將軍府，顯然是要他留在長安長住。這宅院，外人只看到它的富麗堂皇，在安祿山看來，卻像是一座漂亮的牢籠。」

褚剛有些將信將疑地問：「公子怎知道是這樣？」

任天翔嘿嘿笑道：「剛看了不少書，歷史上這樣的事太多了。一個人的恩寵達到頂點，必定過猶不及、物極必反。」

說話間，馬車拐到了一處僻靜的小巷，任天翔租住的宅院就在這裏。褚剛在門外停住馬車，回頭笑道：「我已經給公子準備了接風酒，大家都想慶祝公子學道歸來。不知接下來公子有何打算？」

任天翔掏出懷中司馬承禎那封舉薦信，神情怔忡地喃喃道：「世人都說仕途凶險，又說伴君如伴虎，所以我這輩子從未想過要當官。但現在卻不得不踏上這條吉凶未卜之路，如果可以的話，我想明天一早就面見聖上，是死是活，就聽天由命了。」

褚剛追隨任天翔多年，還是第一次見他如此沒有自信，心中也不由擔心起來，本想開導幾句，可對官場一無所知的他，卻又不知如何勸解，只得勸道：

「公子既然心中沒底，何不多瞭解一段時間，再決定是不是要走這條路。」

任天翔抬首眺望玄武門方向，輕嘆道：「就明天，再多瞭解，我怕自己更沒信心。」

司馬承禎乃大唐帝國三朝皇帝敬重的世外高人，他的舉薦信不啻於一塊最好的敲門磚。當任天翔將信件交給朱雀門外守衛的龍騎軍將領時，那將領不敢怠慢，立刻向上逐級呈報。

任天翔在門外等候了不到半個時辰，就見一名內侍率兩名帶刀侍衛快步迎了出來，令任天翔意外的是，其中一名侍衛竟然就是施東照，看其服飾打扮，該是侍衛中的一名頭目。

施東照也十分意外，不過還是依照規矩對任天翔搜身，在確保任天翔身上沒有任何利器後，這才帶著任天翔進入朱雀門。

在兩名帶刀侍衛和一名內侍的蜂擁下，任天翔由朱雀門穿過重重深宮，一路來到玄武門外，那名內侍這才示意道：「在這兒等著，聽候聖上召喚。」

任天翔心知玄武門是整個皇宮最為重要的一道宮門，朱雀門到玄武門外，是皇帝及三省六部官員辦公議事之所，駐有御林軍精銳，屬於皇宮外城；玄武門之後，則是皇帝與嬪妃們生活的內院，是真正的大內禁宮。只有最受皇上寵信的大臣，才有機會在這裏得到聖上傳召，不然就算是三朝元老、三省首輔、六部尚書、也沒機會進入玄武門一步。

玄武門於大唐帝國，也有其特殊的意義。當年太宗皇帝發動玄武門之變，就是在這裏殺了兩個兄弟，然後率軍攻入內院逼父親退位，這才奠定了貞觀朝數十年的繁榮基礎。

在太宗之後，不知有多少文武百官、皇親國戚，因冒犯武后威嚴而被殺，行刑之處也多是這玄武門外。大唐帝國建國百多年間，不知有多少人是從這裏走進了大唐帝國權力的中樞，更不知有多少人是從這裏走向了地獄。

任天翔正在胡思亂想，突見方才那名內侍快步而來，向任天翔叮囑道：「聖上正在西苑中與幾位大人飲酒賞樂，你要小心應對，萬不可掃了聖上雅興。」

任天翔連忙答應，然後低頭跟在那內侍身後，穿過曲曲折折的長廊和重重宮門，最後來到一片花團錦簇的園林之內。

但聽鼓樂聲中，十多名舞姬正在表演歌舞，領舞的舞姬長袖飄飄，舞姿蹁躚，於雍容華貴中透著莫名的靈動和嫵媚，令人心旌搖曳。雖然看不清她快速轉動的臉，卻已讓任天翔看得癡了。

隨著音樂的驟然轉急，她的舞姿越來越快，令人目不暇接，就在眾人忍不住鼓掌叫好的同時，音樂戛然而止，她的身姿也陡然停下，裙襬如蓮花般散開，婷婷嫋嫋地盛開在眾女中央，璀璨奪目。

眾人看得呆了，反倒忘了鼓掌叫好。

「神仙姐姐！」任天翔終於看清了那舞姬的容貌，既意外又吃驚，不由輕呼出聲。原來這領舞的舞姬，竟然是當今聖上最為寵愛的貴妃娘娘楊玉環，任天翔怎麼也沒想到她在精通音律的同時，還有如此曼妙多姿的舞技。

任天翔剛驚呼出聲，就聽前方有人尖著嗓子一聲輕斥：「什麼人在此喧嘩？」將任天翔領進來的內侍急忙上前稟報：「稟高公公，小人將任天翔領到。」跟著轉向任天翔，「還不快拜見高公公。」

那老太監居高臨下地打量著任天翔，而任天翔也在偷眼打量著他。

但見對方兩鬢染霜，面容富態，眼中隱然有種倨傲與自卑交織的神色。任天翔立刻就猜到，這一定就是皇帝身邊最為得寵的太監高力士。

他正待拜見，突聽有人緩緩在問：「力士，方才是何人在說話？」

「回皇上！」高力士立刻換上副笑臉，對中央身著明黃龍袍的男子小聲稟報，「是司馬道長舉薦的人到了，正在一旁候見。」

「哦！」那人回過頭，手捋稀疏鬍鬚望向任天翔。

不用旁人介紹，任天翔也知道這就是大唐帝國的最高統治者李隆基，他忙拜道：「草民任天翔，叩見吾皇萬歲萬歲萬萬歲！」

李隆基手撫鬍鬚淡淡問：「方才朕好像聽人在叫什麼姐姐？」

任天翔見聖上神情淡漠，眼中先是有些好奇，繼而卻又生出一絲失望。他立刻猜到聖上是因司馬承禎的舉薦而召見自己，但在見面之後，卻沒有看出自己有何奇特。他知道必須儘快給聖上留下一個深刻的印象，便大著膽子答道：

「回皇上，小人是見那位跳舞的姐姐美若天仙，便忍不住叫她神仙姐姐。」

「大膽！」李隆基尚未開口，他身旁的高力士已高聲呵斥道，「那是貴妃娘娘，你竟敢言語冒犯？」

「哎！」李隆基不悅地對高力士擺擺手，「他不知跳舞的就是貴妃娘娘，不知者無罪，何況，神仙姐姐這稱謂，也算不得冒犯。」說著，他笑吟吟地向舞畢起身的楊玉環招手，「愛妃快來，有人竟稱你為神仙姐姐，朕還是第一次聽到如此有趣的稱呼。」

楊玉環已卸下舞裙，款步來到李隆基跟前，突然看到在階下侍立的任天翔，不由怔了一怔。

任天翔忙大禮拜道：「神仙姐姐在上，請受小人一拜！」

「是你！」楊玉環既意外又吃驚，不由輕呼出聲。

李隆基見狀奇道：「你們認識？」

楊玉環忙屈膝拜倒：「皇上，上次在驪山太真觀，奴家在給眾位道友分發道袍時，遇到刺客行刺，正是他為奴家擋了一刀。」

「哦！」李隆基十分意外，「上次愛妃遇刺，是太真觀一個掛單的小道士為你擋了一刀，就是他？可他怎麼又拜到司馬道長門下，由司馬道長推薦給朕？」

任天翔忙道：「回皇上，小人確實曾拜在司馬道長門下學道，司馬道長說我沒有學道的慧根，卻有一點經世治國的才能，所以便舉薦小人進京面聖。」

「所以你道士也不做了，卻想來做官？」李隆基笑問。見任天翔沒有否認，他捋鬚沉吟道，「不過，司馬道長在信中並沒有說你有多高的才能，只說你聰慧伶俐，學東西很快，有培養前途。這麼說來，該讓他做個什麼官好呢？」

最後這句，卻是在問高力士。

高力士陪笑道：「這位任公子有幸為娘娘擋過一刀，又是司馬道長推薦，於情於理聖上都不能忽視。不過，現在朝廷各部皆人滿為患，只怕沒有合適的空缺。而且他還很年輕，依老奴看來，不如就讓他做個國子監的太學生，待其學有所成，再讓他待詔翰林。」

任天翔一聽這話，心中不禁將高力士的祖宗十八代給問候了個遍。他知道雖然國子監是培養官吏的最高學府，國子監的太學生也算是踏入仕途，將來學有所成朝廷定會委用。不過他根本不想讀書，況且國子監有不少太學生讀了一輩子書，依然還是待詔翰林。

他才不想這輩子就這樣被書本埋沒。見聖上就要答應，任天翔急忙拜道：「小人做不做官都不要緊，但只求留在神仙姐姐和神仙姐夫身邊伺候，就心滿意足了。」

「神仙姐夫？」李隆基一愣，「誰是神仙姐夫？」

任天翔坦然道：「貴妃娘娘是小人心中的神仙姐姐，那麼聖上自然就是小人心目中的神仙姐夫。也只有聖上這等仙風道骨的偉男子，才能與神仙姐姐做一對人人羨豔的神仙眷屬。小人若能在你們身邊沾上一絲半點仙氣，那就心滿意足了。」

李隆基呵呵大笑，忍不住笑罵道：「你這小子，倒是挺會逢迎拍馬，朕要重用你，豈不讓御史們斥為親小人、遠君子的昏君？」

「不過，聖上若是不用他，豈不是又讓人誤會為忘恩負義、薄情寡信之君？」楊玉環已經換了身衣衫，款款來到皇帝身邊，剛好聽到幾個人的對話，便笑語嫣然地插話。

聽到愛妃含嬌帶嗔的指責，李隆基急道：「朕怎麼就成了忘恩負義、薄情寡信之君了？」

楊玉環在皇帝身邊款款坐下，嗔道：「這位任公子好歹替奴家擋了一刀，要不是有他捨命相救，聖上還見得著奴家嗎？況且，他還有司馬道長的舉薦信，才能自然沒得說，你要不加以重用，豈不就是忘恩負義、薄情寡信？」

「好好好，朕定加重用。」愛妃發話，皇帝也不敢怠慢，沉吟道，「不過，現在朝中暫時沒有空缺，而且，重要的職位都得經過三省六部官員合議。不如就先授他個六品帶刀侍衛的虛銜，特准入皇城宿衛。」

楊玉環不悅道：「任公子又不是舞刀弄劍的粗人，幹嘛要做帶刀侍衛？」

李隆基趕緊解釋道：「帶刀侍衛有不少是虛銜，大多授予祖上有功的官宦子弟。任愛卿替愛妃擋過一刀，憑這功勞，完全夠格做個帶刀侍衛。」

「奴家的性命難道才值六品？」楊玉環依然不依，「怎麼說也得三品才行！」

李隆基急忙解釋道：「拱衛皇城安危的御林軍首領也才不過三品，帶刀侍衛最高也只有四品，這是先皇定下的官制，哪能隨意更改。」

「那就授四品帶刀侍衛！」

「好好好，就依愛妃之言。」

「不過跟奴家的性命比起來，這賞賜還是太輕。」楊玉環依舊還有些不滿。

李隆基見狀，靈機一動，突然鼓掌笑道：「朕有個好主意，既可避免言官抨擊，又可提升任愛卿的身分。」

見楊玉環和任天翔都好奇地望著自己，李隆基手捋髯鬚悠然笑問：「剛才你將朕和愛妃叫做什麼？」

任天翔心中一亮，連忙答道：「神仙姐姐和神仙姐夫！」

李隆基呵呵笑道：「朕既然金口答應，這聲姐夫就不讓你白叫。朕就認下你這個小舅子，從今往後，你就是國舅爺兼四品帶刀侍衛。前幾天娘娘剛收了個乾兒子，朕今日也收個小舅子玩玩。」說完，忍不住笑著對高力士吩咐，「你快去將娘娘的乾兒子召來，讓他速來拜見乾舅舅。今日就在這西苑中排下酒宴，慶祝朕新得小舅子，娘娘新得一乾弟。」

高力士立刻吩咐內侍去傳召，同時令御膳房準備酒宴。不多會兒，就有宮女內侍將酒菜陸續傳上來。

任天翔入席後一直在猜想，不知娘娘收了誰家的孩子做乾兒子，到時候，自己該出多少見面禮才不算失禮。他身上沒帶多少金銀珠寶，難免有些惴惴不安。

大約半個時辰後，就見一個身披錦袍的肥壯胡人大步而入，進門後便衝楊玉環跪倒，聲如洪鐘地拜道：「孩兒拜見母后，祝母后青春永駐，仙錄永傳。」

李隆基笑道：「無知胡兒，為何不先拜父？」

那胡人昂首答道：「孩兒是胡人，只知其母，不知其父。」

李隆基悠然問道：「胡兒不知父，那麼知道舅舅麼？」

那胡人點頭道：「娘舅如母，這個孩兒當然知道。」

李隆基拼命忍住笑，指向一旁的任天翔，道：「那你還不快拜見舅舅？」

那胡人目光轉向任天翔，二人都是一愣。原來這胡人不是別人，竟然是在洛陽夢香樓上，與任天翔爭過雲依人的安祿山。

見二人愣在當場，李隆基哈哈大笑著解釋道：「貴妃娘娘剛收了任愛卿做乾弟弟，胡兒還不快拜見舅舅？」

楊玉環也忍不住捂著肚子連連笑道：「奴家原本比安將軍小好些歲，安將軍卻偏要拜奴家為母，誰知道任公子今日又拜了奴家做姐姐，所以……」說到最後，已笑得前俯後仰，無法繼續。

安祿山眼中的尷尬一閃而沒，很快就換上一副誠懇的笑臉，對楊玉環道：「母后無需多慮，你的弟弟自然是孩兒的舅舅。」說著，轉身向任天翔跪倒，恭恭敬敬地磕了個頭，朗聲道，「孩兒給舅舅請安，祝舅舅仙福永享，壽比南山。」

任天翔見凶狠如安祿山，竟然像隻綿羊一樣拜倒在自己面前，心中玩性大起，忍不住伸手在他後腦勺上拍了拍，就像長輩在愛撫孩子般叮囑道：「乖孩子，舅舅今日沒帶什麼東西，這幾兩銀子就賞你買糖吃吧。」說著從袖中拿出幾塊碎銀，遞到安祿山手中。

安祿山面不改色，跪著接過銀子，俯身叩首再拜：「多謝舅舅賞賜，孩兒謝謝舅舅。」

「好好好！」李隆基樂得手舞足蹈，高聲吩咐，「開宴！今日要好好慶祝胡兒與任愛卿郎舅相認，朕這個做乾爹和做姐夫的，也跟著你們高興。」

一場飲宴直到天色入黑才結束，席間不光聖上喝得大醉，就是任天翔也喝得暈暈乎乎不辨東西，被內侍攙著送到玄武門外的侍衛住處。

方才領他進入皇城的那名內侍，態度已完全不同，恭敬地對他道：「任大人暫且在此委屈一宿，明日小人讓內官給大人換個舒適的房間。有什麼需要請儘管吩咐小人，小人名叫旺財，名字很好記。」

「旺財？我記得小時候宜春院有條狗也叫旺財。」任天翔哈哈大笑，擺手道，「你先去吧，我喝多要先睡了，有事我會叫你。」

送走旺財剛躺下沒多會兒，就聽門外有人敲門，任天翔迷迷糊糊地開門就罵：「擾人清夢的狗不是好狗……」

「老七，是我！」門外有人小聲道。

任天翔定睛一看，才認出是施東照。他不由失笑道：「對不起，我還以為是旺財，沒想到是二哥。你怎麼會在這裏？哦，忘了你是大內帶刀侍衛，也要宿衛皇城。」

施東照擠入房中，陪著笑臉道：「二哥這侍衛不過是濫竽充數，老七別取笑了。」

「你要是爛魚充數，那我就是臭蝦裝魚了。」任天翔呵呵一笑，「這麼晚了，二哥有事嗎？」

施東照陪笑道：「聽說兄弟不光授了四品帶刀侍衛，還傍上了貴妃娘娘這棵參天大樹，讓她認作乾弟，飛黃騰達指日可待。我約了幾個相熟的侍衛給兄弟慶祝，大家已設下酒宴，懇請兄弟賞臉。」

「二哥的消息真是靈通啊！」任天翔打了個酒嗝，有些為難道，「不過現在天色已晚，而我也喝得暈暈乎乎，還是改日再說吧。」

施東照忙道：「這是弟兄們一片心意，老七無論如何得賞臉。」

任天翔奇道：「你那些侍衛兄弟跟我素不相識，他們怎麼那麼熱心？」

施東照略一遲疑，只得坦然相告：「實不相瞞，他們是衝著兄弟這四品帶刀侍衛的頭銜。大內侍衛雖然是不少，但有品級的只有不到一半，且大多是六、七品。能授四品以上的僅有寥寥數人，而且大多是資歷深厚的元老，所以大家揣測你有可能要補侍衛副總管的缺，因而想提前跟上司搞好關係。」

「原來是這樣。」任天翔恍然大悟，見施東照對自己的態度與以前判若兩人，忍不住問道，「不知二哥是幾品？」

施東照不好意思地笑道：「哥哥沒用，混到現在還只是個從五品，哪像兄弟手眼通天，一來就做到四品的高位。以後哥哥還要多向老七學習，希望老七不吝賜教。」

任天翔聽出了他的嫉妒和不甘，忙攬住他的肩頭笑道：「二哥這是在罵小弟吧？小弟這是天上掉餡餅，剛好砸到我頭上，哪比得上二哥勤勤懇懇一步步走過來？說實話，我對宮中的事一竅不通，以後還得仰仗二哥指點。咱們自家兄弟，自該攜手合作，同氣連枝。」

施東照連忙點頭：「以後但凡有用得著哥哥的地方，兄弟儘管開口，我一定竭盡所能。今晚還請兄弟去見見我那些同伴，給為兄長長臉，明日我再約高名揚他們，讓大家都來給兄弟祝賀。」

任天翔聽施東照這樣說，只得道：「好！我就去見見大家，不過小弟有言在先，酒不能再喝了，大家隨便聚聚就好。」

施東照連忙答應，扶著任天翔就出了門。

不知在重重宮牆中穿行了多久，終於來到一處僻靜的廳堂，就見廳中果然設下了酒宴，幾名侍衛正在耐心等候。見任天翔到來，紛紛起身拜見，神情十分恭敬。施東照一一向任天翔做了介紹，不過任天翔喝得暈暈乎乎，根本沒記住他們的名字。

在施東照招呼下，眾人紛紛入席，雖然這酒宴很簡陋，但酒菜卻都是御膳房弄出來的好東西，尤其是那罈窖藏了三十年的竹葉青，比方才任天翔喝過的御酒還夠勁。可惜任天翔早已喝得暈暈乎乎，怕喝醉後失態，不敢多喝，眾人倒也知道體恤，沒有多勸。

酒過三巡，施東照便提議撤去酒席，開場賭上幾把。任天翔雖然酒意上湧，心裏卻還是清醒，忙道：「大內禁宮，賭錢被抓住是要殺頭的吧？」

眾人轟然大笑，似乎這是最可笑的笑話。

見任天翔有些莫名其妙，施東照笑著解釋道：「咱們就是負責禁宮安全的侍衛，只有咱們去抓別人，哪能輪到別人來抓咱們？兄弟儘管放心玩，出了事哥哥負責！」

任天翔心中雖然忐忑，但架不住眾人殷勤相勸，只得下場玩幾把。心中打定主意，輸光身上的幾十兩銀子就回去睡覺，免得喝醉了酒後輸得一塌糊塗。

心中抱定必輸的念頭，也就沒有太認真，完全憑運氣在賭。誰知今晚的手氣出奇的好，連賭連贏，沒多會兒面前的銀子就堆起了老高，粗粗一看得有上千兩，簡直是一個人大殺四方。不到半個時辰，就有人輸光後陸續退場，一個時辰後，所有人的錢都到了任天翔面前。

眾人都已輸光，賭局只得散去。施東照起身笑道：「今天就到這裏吧，大家改日再玩。老七，這些銀子我明天讓人給你送到府上，你一個人要帶著這麼多銀子出去會招人眼目。」

任天翔雖然喝得七分醉，但心中依然明白。他立刻就意識到，這錢不是自己手氣好贏來，而是這些侍衛故意輸給自己。他們認定自己要做大內侍衛副總管，所以爭相向自己進貢。難怪人人都爭著要當官，原來當官有著這許多的好處。

見施東照要將銀子全部收起來，任天翔忙道：「這錢分一半給弟兄們喝酒，剩下的二哥暫時給我存著，將來弟兄們有個急難可以隨時向我開口，只要小弟拿得出來，絕對不會吝嗇。今天在場的弟兄請將名帖留下來，以後咱們就是朋友了。」

眾人紛紛答應，爭相拿出名帖，對任天翔的態度又與方才有幾分不同。方才眾人只是依慣例向新上司上貢，心中多少有些不甘。沒想到新上司不僅沒要他們的錢，還跟他們要了名帖，顯然是要記下他們的名字，完全沒有一點架子，自然讓大家心悅誠服，衷心擁戴。

密令

第二章

任天翔終於明白了聖上的心思和意圖，暗忖這事要答應下來，自己就真成了皇上的心腹，平步青雲指日可待。不過安祿山也不是善類，畢竟自己的分量跟安祿山比起來微不足道，要是被他反咬一口，弄不好小命不保。

雖然聖上只是一時好玩，認下了任天翔這個國舅，卻也令世人對他刮目相看。之前人們就得知任天翔與貴妃娘娘的姐姐韓國夫人在合夥做生意，便已經將他當成楊家的人，如今再讓聖上認為國舅，更是被視為楊家的紅人。

從消息傳出的第二天起，就陸續有人登門求見，或送禮巴結，或邀請赴宴。其中大多是像任天翔三個月前一樣，想當官卻不得其門而入，他們巴結不上楊國忠那個真國舅，便只好來求任天翔這個假國舅，希望能像他那樣，一步登天，謀個光宗耀祖的出身。

任天翔來者不拒，卻堅不收禮，反而送別人一套昂貴的陶玉作為禮物，來客有求於任天翔，哪敢白要，大多會以高於市價兩到三倍的價錢買下陶玉，如此一來，任天翔雖以不收禮聞名長安，卻反而大大地發了一筆小財。

任天翔知道自己發達的根源來自哪裡，除了被皇上戲認為國舅外，更主要是被不知情的人當成楊家的紅人，他知道要想在聖上面前得寵，離不開貴妃娘娘的暗中支持，可惜禁宮深深，無法當面向貴妃娘娘致謝，所以他特意備了一份貴重的禮物，親自去拜見貴妃娘娘的堂兄楊國忠，希望通過他向貴妃娘娘轉達自己的謝意。

誰知來到楊府，任天翔卻吃了個閉門羹，就聽門房趾高氣揚地轉達楊國忠的話說：「相國說禮物他收下了，不過國事繁忙，無暇待客，請任公子改日再來吧。」

任天翔只得帶著崑崙奴兄弟悻悻而回，剛回到自己臨時租住的宅院，就見褚剛神情異樣地迎了出來，對他道：「方才有人送來厚禮，價值不菲，還請公子過目。」

任天翔怪道：「我不說了不收禮嗎？為何你不推辭。」

褚剛忙解釋道：「我推辭了，不過來人身分特殊，不比旁人。他留下禮物就走，我也不好將他的禮物送回去，所以只好等公子回來處置。」

說話間，任天翔已隨褚剛來到內院，就見小薇正喜滋滋地在清點那些禮物，但見那一箱箱一擔擔的綾羅綢緞、金銀珠寶幾乎堆滿了整間屋子，粗粗一看起碼值好幾千貫。任天翔驚訝地問：「是誰有這麼大的手筆？一出手就如此豪闊？」

「是安祿山安大人！」小薇欣喜地答道，「他說是孝敬舅舅，還說新建的驃騎將軍府已經修繕完畢，請舅舅過幾天去玩，這是請帖。對了，你什麼時候做了安將軍的舅舅了？」

任天翔皺起眉頭，回頭對褚剛吩咐：「立刻將這些禮物都退回去，一文錢也不能要。」

褚剛奇道：「這是為何？」

任天翔正色道：「安祿山身為三府節度使、驃騎大將軍，不在自己任上供職，卻長久滯留京師，你難道沒看出點原因？」

褚剛遲疑道：「公子意思是，他已受皇上猜忌？」

任天翔微微頷首道：「所以他才要大肆結交權貴，廣散錢財，以求保全。為此，他甚至不惜拜貴妃娘娘為母，尊聖上為父，就連我這個乳臭未乾的毛頭小子，他也能屈尊當我外甥。你以為聖上真是在認我這個國舅嗎？他是在用我試探安祿山，沒想到安祿山能如此隱忍，當眾給我下跪磕頭不說，今日還親自登門給我這個假舅舅送禮，你說這禮咱們能收嗎？」

褚剛有幾分明白了，小聲道：「你是怕將來安祿山出事，連累到咱們？」

任天翔微微嘆道：「仕途險惡，人心難測啊。安祿山不出事則罷，一旦出事，所有與之交厚的官吏，必定受到株連。官場行賄受賄不算什麼大事，但最忌站錯隊跟錯人，如今安祿山已受聖上猜忌，所以咱們一定要跟他劃清界限。」

褚剛點點頭，卻又忍不住問：「既然如此，公子為何又要接受司馬瑜的二十萬貫鉅款？要知道這錢肯定也是來自安祿山。」

任天翔解釋道：「此一時彼一時。那時我需要那筆錢救急，而且那時我沒在官場，又是向司馬瑜借的高利貸，就算安祿山出事，跟我關係也不大。現在則不同了，仕途之凶險，可不是尋常人以為的那般得意和風光。」

「明白了，我這就將禮物給安祿山送回去。」褚剛說著，就要出門叫挑夫，卻又忍不住回頭問，「公子從來沒當過官，為何精通這麼多為官之道？」

任天翔微微笑道：「這得感謝司馬道長將我關起來讀書，以史為鑑，可以明白很多道理。」

見小薇在一旁撇著嘴有些不樂意，任天翔笑著勸道：「別心痛這些東西，它們本來就不是咱們的。你就當從來沒看到過，改天我給你買一套新首飾。」

「公子說話算數？」小薇忙問。

「算數，當然算數！」任天翔忍不住在小薇臉蛋上擰了一把，相處日久，他已不覺得小薇的容貌有多醜陋了。

褚剛很快就找來挑夫，將禮物給安祿山送了回去。這件事又在京中引起了一陣轟動，安祿山位高權重，深得聖上器重，走到哪裡都是人人爭相巴結的主兒，沒想到現在卻被一個毛頭小子將禮物退了回來，這不啻於當眾扇了安祿山一耳光，這件事自然成為人們茶餘飯後的談資，人們對任天翔的來歷和身分，又多了幾分天馬行空的揣測。

就在任天翔退回安祿山重禮的第二天，一道詔書將任天翔召入宮中。任天翔跟隨內侍旺財穿過重重宮門，最後在一間僻靜的偏殿中，見到了身著便服的大唐皇帝，此時，他的臉上沒有一絲前日酒宴之上的玩笑，只有一種與生俱來的威儀和嚴肅。

「微臣給聖上請安，祝吾皇萬歲萬歲萬萬歲！」任天翔依著朝禮拜見後，又忍不住補充了一句，「也祝神仙姐姐與姐夫永享仙福，壽比南山。」

李隆基啞然失笑，罵道：「不學無術的東西，拍個馬屁也不倫不類。行了，娘娘沒在這裏，你也不用光說好聽的，朕有正事問你，你要老實回答。」

「一定一定！」任天翔忙道，「聖上但有所問，微臣必定知無不言、言無不盡，若有半句不實，聖上便將我降職降級，從四品侍衛降為五品好了。」

李隆基再次失笑：「你想得倒美，欺君之罪，輕則殺頭，重則株連九族，你好好掂量掂量吧。」

任天翔吐吐舌頭，訕笑道：「還好微臣從未想過欺騙聖上，所以倒也不用害怕。」

李隆基原本想嚇嚇這不知天高地厚的小子，沒想到對方竟渾不在意，也不知是真的實誠還是大智若愚。他端起茶杯輕輕啜了一口，突然問：

「聽說昨天你將安將軍的厚禮給退回去了，京中收受過安將軍厚禮的官吏多不勝數，將他的禮物退回去的，你卻是第一人，朕想知道為什麼？」

任天翔一愣，沒想到自己退禮的事這麼快就傳到了聖上耳中，看來聖上的耳目依舊敏捷聰慧，不像外間謠傳的那般老邁昏庸。

他想了想，謹慎道：「微臣位輕年少，雖僥倖被聖上認作國舅，卻哪敢真當位高權重的安祿山將軍是外甥？所以當他以外甥的身分來向微臣送禮，微臣萬萬不敢收。」

「真是這樣？」李隆基冷冷盯著任天翔，顯然是根本不信。

任天翔想起聖上方才關於欺君的警告，心中一凜，暗道：就賭這一把，勝敗生死，聽天由命！

他深吸了口氣，徐徐道：「微臣將安將軍的禮物退回去，是因為不想跟他結交。」

「為什麼？」李隆基奇道，「京中官吏莫不以與安祿山結交為榮，你為何反而不願與安將軍結交？」

任天翔略一遲疑，方正色道：「因為，安祿山外表忠厚，內心奸詐，也許還包藏禍心，微臣是怕受他牽連。」

李隆基一聲冷哼：「你也認為安祿山包藏禍心？可有證據？」

任天翔無奈搖頭：「我沒有，不過我知道安祿山正借幽州史家大肆斂財，其商隊已遠達中原乃至長安。為了賺錢，甚至不惜與商門正面衝突，試想一個忠厚耿直的駐邊將領，在已經擁有三府的賦稅還不夠，還要賺那麼多錢幹什麼？」

任天翔雖然沒有直指安祿山有謀反之心，但言下之意卻是再明白不過。他知道憑自己的地位資歷，要指控一個鎮守邊關的大將有謀反之心，弄不好會有殺頭的危險。他心中惴惴，不由偷眼打量皇帝，就見他目無表情，緩緩拿起桌上一本卷宗翻了翻，突然開口道：「你曾在洛陽夢香樓，與安將軍有過一次衝突，你該不會是挾私報復吧？」

任天翔趕緊分辯道：「微臣確實與安將軍有過一次衝突，不過，那時微臣並不知他的身分，所以才無意間冒犯。但安將軍並沒有因此怪罪微臣，所以微臣也沒有因私廢公報復他的理由，望聖上明鑑！」

大唐皇帝不置可否地「唔」了一聲，突然輕嘆道：「滿朝文武，竟只有你敢公然退掉安祿山的厚禮，看來這件事，朕只能交給你去辦了。」

任天翔連忙道：「聖上但有吩咐，微臣必定竭盡所能，為聖上分憂……不知聖上有何事要微臣去辦？」

李隆基收起卷宗，淡淡道：「朕要你與安將軍結交，將他的一切情況向朕彙報。」

見任天翔不解，李隆基解釋道：

「有不少大臣對朕說，安祿山有謀反之心。雖然朕心中不怎麼相信，但也不能掉以輕心。畢竟安祿山幾乎手握天下三分之一的兵馬，一旦作亂後果不堪設想。所以朕需要一個心腹假意與安祿山結交，以瞭解他是否忠心。可惜滿朝文武，不是與安祿山有交情，就是對他有成見，讓他們去瞭解安祿山，不是偏袒就是偏見，朕思來想去，就只有你這個與安祿山和滿朝文武素無瓜葛的外人，才是最合適的人選。」

任天翔笑道：「聖上若對安將軍不放心，直接撤了他節度使之職就是，何必這麼麻煩？」

李隆基搖頭嘆道：「若是別的節度使，撤了也就撤了，但范陽是控制契丹人的戰略要地，安祿山在鎮壓契丹人的叛亂中對朝廷有大功，而且他手下的兵將多為胡人、突厥人和契丹人，換個將領未必約束得住。若處置不當，引起胡人或突厥人不滿甚至叛亂，那就是得不償失。再說因猜忌就隨意撤換邊關重將，實乃朝廷大忌，朕也不能冒這個險。」

任天翔終於明白了聖上的心思和意圖，暗忖這事要答應下來，自己就真成了皇上的心腹，平步青雲指日可待。不過安祿山也不是善類，要是被他反咬一口，弄不好小命不保。畢竟自己的分量跟安祿山比起來微不足道，關鍵時候，聖上也許會犧牲自己以籠絡安祿山，這其中的凶險與機遇並存。

不過人生就是賭博，不下大注怎麼能贏大錢？想到這，他將心一橫，俯首拜道：「微臣願做聖上的耳目，將安祿山的五臟六腑看個明明白白。」

李隆基微微頷首笑道：「朕不會讓你白幹，現在御前侍衛副總管的職位正好空缺，就賞了你吧。有這身分，你可以隨時進宮見朕，不必經過內侍傳喚。」

「謝聖上隆恩！」任天翔大喜過望，不過心中又有些惴惴，不好意思地道，「只是有一件事，臣得對聖上實言相告。微臣雖然出身江湖知名幫會，但卻沒練過什麼武，做個帶刀侍衛已經有些勉強，要做御前侍衛們的副總管，微臣只怕不能勝任。」

李隆基啞然笑道：「你有幾多斤兩，你以為朕不知道？要你投機取巧、使點陰謀詭計還湊合，要讓你保護朕的安全，豈不是強人所難？可惜朕身邊信得過的人中，舞刀弄劍的高手多不勝數，缺的正是你這種機靈善對之徒。你放心，朕和皇城的安全不用你這個副總管操心，你就專心替朕去查安祿山，這事完了，朕會另委重任。」

「多謝聖上！」任天翔再次謝恩，然後小心告退。

出得玄武門後，他忍不住樂得手舞足蹈，顧盼自雄，遙望暮色四合的蒼穹在心中感慨：一不小心就做了御前侍衛副總管，看來跟對人、走對路，比什麼努力都重要。

都說衣錦要還鄉，任天翔也不能免俗。就在御前侍衛副總管的任命剛下來的當天，任天翔便讓施東照帶了幾名侍衛，隨自己直奔洪勝幫的長安總舵。

洪勝幫自與義安堂聯姻後，已然成為長安城最大的幫會，聲望一時無二。不過見到一干侍衛突然上門，還是不敢有絲毫怠慢，連忙將眾人迎進了大堂。

任天翔開門見山，對領路的洪勝幫小頭目道：「我是來看望我妹妹……還有我妹夫，順便給他們帶了點禮物。我妹夫呢？怎麼不出來迎客？」

那小頭目這才認出任天翔，臉上神情微變，忙道：「幫主回了洛陽，沒有在長安。少幫主有事出去了，也不在。」

「我妹妹呢？她也不在？」任天翔追問，見那小頭目神情有異，他不禁一把抓住對方衣袖，喝道，「快說，我妹妹在哪裡？」

那小頭目囁嚅道：「少夫人這兩天有恙，正臥床休息，不便見客。」

「他媽的我是客嗎？我是她哥！」任天翔一把推開那小頭目，徑直往裏就闖，幾個洪勝幫弟子欲上前阻攔，卻被一干侍衛逼開。

雖然洪勝幫人多勢眾，但來的是皇上身邊的人，誰也不敢輕易得罪，只得眼睜睜看著任天翔闖了進去。

一路來到任天琪的臥房，任天翔不顧幾個丫鬟的阻攔硬闖進去，就見任天琪果然臥病在床，見到他進來，先是有幾分驚喜，卻又趕緊將臉轉開。不過任天翔已經看到她臉上的傷痕，急忙上前將她的臉扳過來，就見她臉頰上有幾塊淤青，顯然是外傷。

「怎麼回事？」任天翔忙問。

任天琪強笑道：「沒事，是我打獵時不小心墜馬，摔傷了。」

任天翔對這種拙劣的謊言也懶得點破，強忍怒火平靜地道：「你好好養傷，我去將那匹馬宰了給你出氣。」說著轉身就要離去。

任天琪從他眼中看到了駭人的殺氣，趕緊從床上撲下來，拉著他的腿急道：「三哥你……你別亂來……」

任天翔心痛地扶起妹妹，柔聲道：「那你告訴我，究竟是怎麼回事？咱們是嫡親兄妹，有什麼事不能告訴三哥？」

任天琪遲疑半晌，眼中淚珠滾滾而下，最後終於忍不住抽泣道：

「是洪邪，他迷上了醉紅樓一個新來的妖精，不僅整夜留宿不歸，還在外面給她買了房子，當外室給養了起來。我說了他兩句，他就……他就……」說到最後，已經是泣不成聲。

「行了，哥知道了。」任天翔柔聲勸道，「男人天性好色，這也不算什麼大事。以後再有這種情況，你來告訴三哥，不要跟他正面爭吵。」

為妹妹掖好被子，任天翔轉身要走，任天琪忙拉住他的手問：「三哥你要去哪裡？」

任天翔強笑道：「我去找妹夫談談，沒事，只是跟他好好談談。別擔心，再怎麼說，他還是你丈夫，只要你還沒死心，我就不會拿他怎樣。」

「別去！」任天琪急忙搖頭，「我不是怕你把他怎樣，而是怕三哥吃虧。醉紅樓是洪勝幫的地盤，你這一去豈不是羊入虎口？」

任天翔心中有些感動，拍拍妹妹的手道：「你放心，我不會跟他衝突。從小到大，你啥時候見過三哥莽撞行事？」

見任天翔神情如常，任天琪放下心來。二人又話了一會兒家常，看看天色不早，任天翔這才起身告辭。

剛出得洪勝幫總舵，任天翔的臉色就變得鐵青，他對施東照和眾侍衛道：「諸位哥哥，小弟有一事需要大家幫忙。」

眾侍衛忙道：「副總管有事儘管吩咐就是，能為副總管效勞是卑職的榮幸。」

施東照問道：「老七是不是想收拾洪邪這混蛋？你只要說一聲，咱們就去將那混蛋的屎給打出來。你要怕人手不夠，我這就回去叫人。」

任天翔搖頭道：「剛才咱們在洪勝幫這一鬧，早有人跑去給洪邪通風報信。他要麼已經躲了起來，要麼就做好了準備，咱們這一去正好上當。」

「有什麼好怕？」施東照嚷嚷道，「幾個江湖草莽，難道敢跟咱們皇家侍衛動手不成？」

任天翔微微搖頭道：「我倒不怕洪勝幫敢跟御前侍衛動手，我只怕洪邪將幾個言官和御史請來。咱們要在醉紅樓打架鬧事，定會被御史們在聖上面前參上一本。要是聖上怪罪下來，大家臉上都不好看。」

眾人一聽這話，皆點頭道：「還是副總管考慮周到，上次有兄弟在青樓打架鬧事，總管大人已經下了嚴令，一旦再有類似事情發生，定要嚴懲不貸。」

施東照小聲問：「那兄弟打算怎麼辦？」

任天翔想了想，對他低聲道：「你明天去請大哥和三哥過來喝酒，我有事要他們幫忙。這次一定要將洪邪治得服服貼貼，不然我就不姓任！」

任天翔帶人大鬧洪勝幫總舵的消息，很快就傳到了洪邪的耳中。

他也風聞任天翔做了御前侍衛副總管，原以為不過是謠傳，沒想到謠言還成了真。如今這小子身分不同，洪邪不敢大意，急忙令人去請相熟的御史和京兆尹，然後又調集洪勝幫的人手埋伏在醉紅樓周圍。

他倒不是想要跟御前侍衛正面衝突，只是防備任天翔鬧事時，有足夠的人手保護自己。至於醉紅樓，御前侍衛們要搶要砸儘管動手好了，有御史大人和京兆尹在場，御前侍衛們的行動會很快就傳到皇上耳朵裏，足夠那小子喝一壺。

誰知做好一切準備，卻始終不見任天翔上門尋釁，派出去探聽消息的兄弟回來稟報，任天翔並沒有帶人來醉紅樓，卻去了另一家酒樓喝酒，然後又去了賭坊耍錢，最後陸續分手回家，讓洪邪摸不著頭腦。

沒有任何事發生，讓御史大人和京兆尹都有些不滿。洪邪陪著小心將他們送走，然後懷著忐忑回了總舵，先給任天琪陪了個不是，又是賭咒又是發誓先將她安撫下來。如今她哥哥成了聖上跟前的紅人，洪邪不敢再怠慢。

一連數日平安無事，洪邪依然不敢大意，密令幫眾去盯著任天翔，一旦發現他有異動就立刻回報，以便做好應對之策。誰知一連數天，任天翔就只是四處赴宴，接受眾人的恭維和祝賀，似乎早已忘了妹妹受辱之事。

洪邪稍稍放下心來，以為任天琪很識趣，沒有向她哥告狀。不過他依然不敢大意，令手下繼續盯著任天翔，將他每天的行蹤和舉動都做詳細回報。

數天後，負責盯梢的手下來報：「任天翔帶人去祝賀安祿山將軍的喬遷之喜，驃騎將軍府邸戒備森嚴，咱們的人混不進去。」

洪邪疑惑起來，喃喃自語道：「這小子前幾日不是剛退掉安將軍的厚禮、因而聞名長安麼？為何今日又巴巴地趕去巴結安將軍？」

也難怪洪邪疑惑，洪勝幫雖然與幽州史家生意上有過合作，但也算不上安祿山的人。除了幫主洪景，其他人想見安祿山一面都難，因此在洪邪看來，任天翔前日剛推掉安祿山的禮物，今日卻又親自登門祝賀安祿山喬遷之喜，實在令人費解。

不光洪邪感到疑惑，拿著任天翔拜帖的安祿山也十分疑惑。

新建成的驃騎大將軍府邸中，慶祝的鞭炮和嗩吶聲此起彼伏，不過後院的一間書房中卻十分雅靜。

安祿山將拜帖翻來覆去看了好幾遍，最後遞給身旁的司馬瑜道：「這小子前倨後恭，必有蹊蹺，不知先生怎麼看？」

司馬瑜接過拜帖看了一眼，笑道：「將軍機會來了，能否離開這危機四伏的長安回到范陽，全在此人身上。」

安祿山奇道：「先生何出此言？」

司馬瑜微微笑道：「皇上雖然對安將軍信任有加，奈何以楊國忠為首的幾個奸臣，常在皇上身邊進讒，誣陷將軍有謀反之心。就算皇上再英明，也架不住幾個心腹大臣的讒言，因而才將將軍滯留京師，明是加官進爵恩寵有加，實是加以監視和控制。皇上一方面擔心對你不公，激反范陽、河西等地的異族將士，另一方面又擔心你真有異心，所以他現在最想知道將軍的真心。但是滿朝文武，不是與將軍有交情，就是對將軍有偏見，無法做到客觀公允，所以皇上只能借助一個與官場從無瓜葛的外人。」

安祿山似有所悟：「先生是說，這小子是聖上派來偵察我的眼線？」

司馬瑜笑道：「不然無法解釋他為何前倨後恭，更無法解釋以他的資歷，如何能一步登天做到御前侍衛副總管的高位。聖上老了，已經不善掩飾自己的企圖，只想著以高官厚祿籠絡這小子，卻不知讓人一看就看穿其目的。這小子現在是奉旨與將軍結交，所以有恃無恐。」

安祿山恍然大悟，連連點頭道：「先生慧眼如炬，令安某茅塞頓開。不知安某要如何做，才能好好利用這次機會？」

司馬瑜沉吟道：「這小子唯利是圖，見錢眼開，皇上既然以高官厚祿籠絡，將軍當加倍，不怕他不為將軍說話。除此之外，這小子有個最大的弱點，就是他妹妹。必要的時候，可將他妹妹控制在手中，不怕他不為將軍所用。」

安祿山沉聲道：「這好辦，我這就讓人將他妹妹控制起來。」

司馬瑜笑著搖頭道：「將軍暫時不必操之過急。咱們是要他心甘情願為將軍所用，不到萬不得已，不要讓他感到不快。現在，他妹妹是洪勝幫少幫主夫人，只要控制了洪勝幫少幫主，也就控制了他妹妹。」

安祿山微微頷首道：「先生有理，我會小心行事。」

司馬瑜笑容隱去，神情凝重地望向虛空道：「不過，就算讓這小子為將軍說話，令聖上相信將軍的忠心，也只能保將軍暫時的安全。要想離開長安，將軍恐怕還得下點血本。」

安祿山忙問：「什麼血本？」

司馬瑜淡淡道：「讓范陽前線打幾次敗仗，損失些兵將，讓皇上知道范陽離不開將軍。」

安祿山立刻點頭答應：「這沒問題，我手下兵多將廣，死幾個沒關係。」

司馬瑜頷首道：「這是其一，還有個血本，我怕將軍捨不得。」

安祿山急道：「什麼血本，先生但講無妨！」

司馬瑜正色道：「將軍要想離開長安，恐怕還得將長子安慶宗，主動送到長安做人質。」

安祿山一愣，遲疑道：「慶宗精明能幹、才智過人，在我幾個兒子中最有名望，深得將士們愛戴。用他來換我，安某實在於心不忍。換個兒子行不行？慶緒和慶和都可以。」

司馬瑜微微搖頭道：「將軍必須以自己最寵愛的兒子為質，才能得到皇上的信賴。」

安祿山如困獸般在房中踱了幾個來回，最後一咬牙：「好！我這就寫信去范陽，讓慶宗火速趕來長安！」

司馬瑜頷首笑道：「只要將軍捨得下這血本，離開長安指日可待！待將軍平安離開長安後，可以再想法讓世子逃離長安，這比讓將軍離開長安更容易點。現在，將軍可出去迎接御前侍衛副總管任大人了，他是將軍能否離開長安的關鍵。」

安祿山眼中殺氣爆閃，冷笑道：「先生放心，安某知道該怎麼做。安某已經磕頭給他當了外甥了，再給他當回孫子又何妨。」

新建成的驃騎大將軍府邸，巍峨宏大、占地極廣。門前的街道雖然寬闊空曠，但在熙熙攘攘趕來祝賀的賓客到來時，依然顯得有些擁擠。轎子、馬車、馬匹擠滿了門前的拴馬樁和車位，寬闊的將軍府已經停不下眾多的官轎和馬車坐騎，只好讓部分車馬停到大門外。

任天翔身著嶄新的四品御前侍衛官服，與施東照大搖大擺地進了將軍府大門，尚未進得二門，就見安祿山率幾個隨從大步迎了出來。

安祿山官居一品，按理應當任天翔以大禮拜見，誰知任天翔還沒動，安祿山已搶先拜道：「娘舅大人在上，外甥安祿山給你老請安！」

任天翔連忙還禮道：「安將軍折殺卑職了！卑職年紀比大人小，官職比大人低，豈敢以長輩自居。」

「娘舅大人此言差也！」安祿山正色道，「你是聖上金口認下的國舅爺，而安某卻是貴妃娘娘認下的乾兒子，論輩分，你就是安某的娘舅，誰要敢懷疑你國舅的身分，就是在質疑聖上的金口玉言。」

隨同安祿山前來的官吏也都點頭稱是，紛紛道：「任大人不用自謙，安將軍都這樣說了，誰敢質疑你國舅爺的身分？」

「我真是國舅？你真是我外甥？」任天翔故意調侃道。

「那是當然！」安祿山正色道，「任大人年少有為又聰穎多智，深得皇上喜愛，小侄能做你外甥，那是天大的榮幸。」

任天翔哈哈笑道：「既然如此，那我也就不客氣了，誰讓皇上非要認我這個小舅子呢。賢侄喬遷之喜，我這個舅舅也沒什麼準備，這對玉獅鎮紙便賞了你吧。」

安祿山愣了好久，才醒悟這聲「賢侄」是在叫自己，他心中將任天翔的祖宗十八代問候了個遍，面上卻滿臉堆笑，恭恭敬敬地接過施東照遞過來的玉獅鎮紙，拱手拜道：「多謝舅舅賞賜，舅舅請上座，外甥當好好敬舅舅幾杯。」

任天翔也不客氣，隨著安祿山徑直來到內堂最尊貴的酒席，但見在座官吏皆是官居一二品的大員，安祿山卻非要讓他坐最尊貴的首席。

任天翔雖然狂妄，卻也知道在座諸位都是朝廷重臣和功勳卓著的大將，自己真要坐了首席，必為眾人嫉恨，所以堅辭不坐。安祿山無奈，只得將首席空出，這才勉強排定座次。

在座眾人原本對這個所謂國舅並不重視，以為只是個善討皇帝喜歡的弄臣，沒想到官居一品、授三府節度使的安祿山對他都如此重視，眾人自然不敢怠慢，爭相向他敬酒。

任天翔卻只是推拒道：「諸位大人論年紀是任某長輩，論官階也比我高出不是一星半點，小人哪能不知尊卑上下？這第一杯酒理應由我敬諸位大人才是。」

眾人紛紛道：「任大人是皇上金口玉言賜封的國舅，咱們敬任大人，就是敬貴妃娘娘和皇上，任大人不必過謙。」

任天翔推卻不過，只得與眾人同飲了一杯。

雖然在座諸人官階都比任天翔高，但有安祿山帶頭，眾人便都以任天翔為主角，任天翔招架不住眾人的殷勤，只得酒到杯乾，不多時就感到酒意上湧，醉意醺醺。安祿山見狀便親自將任天翔送入內堂休息，其態度之殷勤恭敬，與待長輩無疑。

安祿山親自扶著任天翔來到內堂，然後摒退左右，這才道：「前日外甥給舅舅送去一點薄禮，沒想到讓舅舅給退了回來。今日外甥重新備下一份禮物，望舅舅千萬笑納。」說著將一張折疊起來的紙遞了過來。

任天翔忙道：「安將軍折殺在下了，上次在洛陽夢香樓，在下便多有得罪，沒想到安將軍不計前嫌，竟親自給在下送禮。不過在下不敢自認是將軍長輩，所以那禮物在下萬萬不敢收，便給將軍退了回去，望將軍千萬不要多心才是。方才安將軍在人前，已經給足了在下面子，私下裏在下萬不敢再充將軍長輩，若將軍不嫌棄，咱們私下裏就以兄弟論交如何？」

安祿山大喜過望，忙挽起任天翔的手道：「安某早就知道公子乃非常人物，當初夢香樓一別，心中便一直掛念，希望能結交公子這樣的少年俊傑。沒想到機緣巧合，咱們竟然都成了聖上的親戚，這豈不是天大的緣分？公子既然真心與安某結交，安某豈敢不從？往後在外人面前，安某依然尊你為國舅，但在私下場合，安某就大膽認公子為弟，這樣顯得更加親切。」

「好極好極！」任天翔鼓掌笑道，「既然如此，安兄請受小弟一拜！」

安祿山連忙還禮，然後將任天翔扶起，順勢將手中的那方發黃的紙張塞入任天翔手中，笑道：「這就當是為兄給兄弟的見面禮，往後兄弟有需要用到為兄的地方，請儘管開口。」

「這是什麼？」任天翔好奇地接過那方黃紙展開，才發現那是一張地契，上面注明是一座三重院子的宅院，任天翔心中又驚又喜，面上則假意推卻道，「這……這太貴重了，小弟無功不受祿……」

安祿山強行將地契塞入任天翔懷中，直到他勉強收下，這才解釋道：「我見兄弟現在還住在租來的房子裏，心中深感不安，所以特意為兄弟準備了這座宅院，不光裏外裝飾一新，而且還為兄弟請好了丫鬟僕傭。兄弟什麼也不用操心，選個黃道吉日直接搬進去就行。」

任天翔搓著手不知說什麼才好，連連感激道：「兄長對小弟實在太慷慨了，小弟無以為報。以後兄長但凡有用得著小弟的地方，請儘管開口，小弟無不從命。」

安祿山呵呵笑道：「兄弟現在是皇上和貴妃娘娘最為賞識的少年俊傑，以後必定前程無量，為兄仰仗兄弟的地方還多呢。今後兄弟在外面有解決不了的麻煩，儘管找為兄幫忙；而宮中有關為兄的消息，也望兄弟暗中知會一聲，咱們內外聯手，必定無往不利。」

「一定一定！」任天翔連忙答應，跟著像是突然想起一事，沉吟道，「說到幫忙，我還真有一事要兄長幫忙。」

安祿山忙問：「兄弟有何為難之事？請儘管開口！」

任天翔不好意思地笑道：「我知道兄長身邊能人無數，像那個叫辛乙的契丹少年，就是個罕見的高手。我想他要是神不知鬼不覺地殺一個人，應該沒什麼難度吧？」

安祿山心中「咯登」一跳，面上卻不動聲色地問：「不知兄弟想除掉誰？」

任天翔示意安祿山附耳過來，然後對他如此這般說了半晌，安祿山臉上凝重之色漸漸散去，釋然笑道：「小事一樁，這事我讓辛丑去辦。論刀法狠辣刁鑽，辛乙無人可比，但若論行事之慎密周詳，辛丑勝過辛乙。什麼時候動手，兄弟通知一聲便是。」

任天翔欣喜道：「多謝兄長！事成之後，我當好好謝謝兄長！」

黑獄

第三章

洪邪感到懷中的美人渾身濕漉漉黏膩膩，鼻端聞到濃烈的血腥味，
他轉頭一看，只見昨夜還軟玉溫香生龍活虎的美人，
如今已身首異處，脖子中噴出的鮮血，幾乎濡濕了整個地毯，
洪邪驚恐地大叫，慌忙退到一旁。

初更時分，洪邪醉醺醺地來到醉紅樓後方一座雅致的別院。

這是他金屋藏嬌的安樂窩，也是他最近沉迷的溫柔鄉。不過自十多天前受任天翔驚嚇後，他一直沒敢再來。除了怕任天翔有什麼詭異的手段，也怕任天琪發現他暗中迎娶的胡姬黛西。畢竟洪勝幫還有很多需要用到義安堂的地方，不能因小失大、因色誤事。

但是那個胡姬黛西實在太勾人了，即便閱人無數的洪邪，也沒見過如此豐滿迷人、風騷入骨的尤物，所以在平靜了十多天後，見任天翔整天就忙著四處赴宴接受眾人祝賀，根本無暇理會自己，他再按捺不住心猿意馬，藉任天琪回家看望母親的機會，偷偷溜到金屋藏嬌的別院，與心上人暗中幽會。

「公子，你怎麼十多天才來看黛西？」

胡姬身材火爆，面容卻比天使還要純真。見到男人不像唐女那樣有種本能的羞澀，碧眼中只有火辣辣的欲火和勾魂攝魄的野性。

「我這不是來看你了嗎？今晚我會把這十多天的耽擱全給你補回來。」洪邪喜歡黛西這種野性，不由分說將她按倒在地。

黛西保持著席地而坐的風俗，因此房中鋪著厚厚的波斯地毯，是名副其實的溫柔鄉。

一夜鏖戰，直到天色微明洪邪才沉沉睡去。睡夢中，隱約感覺有股森寒刺骨的冷風在身邊刮過，跟著又有熱辣辣的液體浸透全身，像是置身於溫泉浴湯中一般溫暖。洪邪心知有異，但人卻懶洋洋不想起來，直到突然響起的砸門聲和驚呼聲，才將他從睡夢中徹底驚醒。

洪邪睜眼一看，就見四周燈火通明，無數刑部官差已經闖進房中，將自己圍在中央，而自己依舊赤身裸體躺在地毯上，一隻手還摟著身材火爆豐滿的黛西。

「你……你們怎麼進來的？」洪邪茫然問，房門外有洪勝幫弟子守衛，按說普通官差根本進不來。

「我們巡夜聽到呼救，就循聲進來看看。」領頭的官差在冷笑，「沒想到果然發生了血案。」

洪邪突然感到懷中的美人渾身濕漉漉黏膩膩，鼻端更聞到濃烈的血腥味，他轉頭一看，頓時嚇得丟手不迭。只見昨夜還軟玉溫香生龍活虎的美人，如今已身首異處，脖子中噴出的鮮血，幾乎濡濕了整個地毯，讓他幾乎是泡在血泊中。

洪邪驚恐地大叫，慌忙退到一旁。一個活生生的美人不聲不響就死在自己懷裏，自己竟然毫無所覺，這是怎樣恐怖的經歷？

幾個官差如狼似虎，不由分說將洪邪鎖了起來，洪邪拼命反抗，但那幾個官差不知什麼來頭，武功竟然不弱，幾人聯手將他制伏。很快就有刑部和大理寺的人陸續趕到，經過初步勘查，洪邪無疑有最大的嫌疑。他當夜就被押入刑部大牢，立刻就遭到嚴刑審訊。

「說，你是如何殺害胡姬黛西？若有半句不實，小心皮肉受苦。」負責審訊的，是一個不認識的官吏。

洪邪急忙表明身分：「我是洪勝幫少幫主洪邪，你們誰敢動我？」

話音剛落，一個衙役抬手就是一棒，結結實實打在洪邪的屁股上，另外幾個衙役也跟著出手，一陣亂棒將洪邪打得暈頭轉向，急忙告饒：

「冤枉！冤枉啊……大人……」

直到洪邪氣勢全無，幾個衙役這才住手。

就聽那負責審訊的官吏冷笑道：「王子犯法尚且與庶民同罪，何況你一個什麼不知所謂的少幫主。只要進了我刑部大牢，除了老實招供，就別想耍任何花樣。本官再問你一次，你是如何殺害胡姬黛西的？速速從實招來，若有半句不實，小心皮肉受苦。」

「冤枉啊大人！」洪邪急忙分辯，「黛西是我新娶的小妾，小人寵愛有加，怎麼會莫名其妙地將她殺害？」

那官吏冷笑道：「房中窗門緊閉，除了你再無旁人，不是你還有誰？我看不打你是不會招供，來人，給我上刑！」

幾個衙役齊聲答應，不由分說將洪邪摁倒在地，一頓棍棒下來，洪邪小命已去了半條。不過他知道殺人罪名重大，無論如何不能承認。那官吏見問不出什麼，這才揮手令人將洪邪收監。

躺在陰暗潮濕的刑部大牢，洪邪本以為可以稍稍喘口氣，誰知幾個同牢的囚犯卻齊齊圍了過來，一個囚犯抬手就給了洪邪一耳光，喝罵道：「新來的，起來，你他媽懂不懂規矩？」

若在平日，這幾個囚犯自然不在洪邪眼裏，但現在他頭戴枷鎖，身負重傷，哪裡還敢逞強，只得勉強站起，陪著小心問：「什……什麼規矩？」

那囚犯又是一巴掌扇過來：「不知道要給咱們上供？有什麼好東西都拿出來！」

洪邪苦笑道：「我進來時除了一件外套，幾乎全身赤裸，哪裡有什麼好東西孝敬幾位大哥？要不等我出去後，再想法孝敬幾位大哥吧。小弟乃洪勝幫少幫主，江湖上也算有名有姓的人物，說過的話一定算數。」

洪邪以為只要亮出自己的身分，這些囚犯必定會對自己敬若神明，誰知那囚犯聽後，不僅沒什麼表示，反而一腳將他踢翻在地，跟著幾個囚犯一擁而上，對他又是一頓好揍。

直到幾個人打累了，這才收手罵道：「大爺平生最恨你們這些欺壓百姓的惡棍，只可惜以前打不過你們，也惹不起你們，現在大爺已經判了死刑，過幾天就要斬首，好歹要打個夠本。」

洪邪一聽這話嚇得魂飛魄散，沒想到自己竟被關入了死牢，牢中大多是判了死刑的囚犯。這些傢伙在世上的日子不多了，早已無所顧忌，不說區區洪勝幫少幫主，只怕就是皇帝老兒關進來，他們也照打照殺不誤。

洪邪不敢再擺少幫主的架子，陪著小心道：「幾位大哥息怒，小弟無心冒犯。望大哥高抬貴手放小弟一馬，待小弟出去後，定給幾位大哥送來好酒好肉，讓幾位大哥吃好喝好，安心上路。」

一個囚犯罵道：「咱們現在不稀罕酒肉，就想搞女人。我看你小子長得倒還俊俏，就委屈你一下了。」

說著，就要上來扒洪邪的褲子，洪邪嚇得魂飛魄散，慌忙道：「大哥，我是男人啊，不是女人！」

「廢話，女人能跟咱們關在一起嗎？」那囚犯罵道，「沒有女人，男人也只好將就了。是你自己脫還是要咱們動手？你自己脫，玩完了咱們留你一條小命；你要逼著咱們動手，玩完了就弄死你。」

洪邪愣了片刻，突然發狠道：「老子跟你們拼了！」說著飛起一腳，直踢那囚犯胸膛，那囚犯猝不及防，被踢得飛了出去，另外幾個囚犯立刻一擁而上，拉腿的拉腿，抱足的抱足，三兩下就將洪邪摁倒在地。

洪邪披枷帶鎖又身負重傷，武功大打折扣，那幾個囚犯也都不是普通人，多少會點武功，洪邪很快就被幾個人臉朝下按倒，兩腳叉開綁在地上，再也掙扎不脫。

幾個囚犯發出淫賤猥瑣的壞笑，爭相恐後向洪邪撲來。

洪邪第一次感受到一種比死亡還恐怖的威脅，急得拼命呼救，但牢房外的獄卒像是聾了一般，根本無人理會。洪邪第一次感受到自己的渺小和無助，像個小孩一樣哭著連連哀求：「大哥放過我吧，求求你們了……」

幾個囚犯根本不理洪邪的哀求，強行拉下洪邪的褲子，洪邪本以為不能倖免，誰知那囚犯卻停了下來，恨恨地啐了一口：「媽的，屁股都打爛了，掃興！」

另一個囚犯道：「沒事，我這裏有金瘡藥，先給他敷上。好好養上兩天，又是一個白嫩嫩的新屁股。」

幾個囚犯七手八腳將金瘡藥給洪邪敷上，卻不解開他腿上的繩索。洪邪就只能屁股朝天躺在地上，想挪挪身子都不能夠。幾個囚犯不再難為他，各找地方躺下休息，方才對付洪邪，也把他們累得夠嗆。

洪邪感覺到屁股上涼颼颼地十分舒服，疼痛的感覺緩和了不少，他知道那是金瘡藥在起作用。這讓他心中又喜又怕，喜的是，這金瘡藥效果奇佳，估計要不了三天就能令自己的外傷復原，怕的是到時恐怕難逃一劫。

不過轉而一想，自己蒙冤下獄，洪勝幫上下必定會想法救援，順利的話，要不了三天，自己就可以從這裏出去，到時候，定要將這幾個囚犯全部生吞活剝。不過想到他們都是死囚，似乎又是多此一舉。

洪邪心中不斷胡思亂想，只盼著父親派人來探望自己，將自己帶走，至少也給自己換個單人牢房。誰知一連三天，除了每天來送飯的獄卒，沒有任何人前來探視，眼看屁股上的傷一天天好起來，洪邪心中又急又怕，連睡覺都不敢閉眼，每日裏誠惶誠恐，惶惶不可終日。

就在洪邪心中七上八下，恨不得審訊官再次嚴刑拷打自己的時候，難得一開的牢門終於打開，有人來看望自己。

三天時間幾乎不眠不休，洪邪已經有些神志不清，聽到不同於送飯獄卒的腳步聲，他急忙抬起頭來，虛弱地呼叫：「救我……」

有人來到牢房，在他的身邊蹲了下來，淡淡問：「傷好得如何了？」

聽到這熟悉的聲音，洪邪抬眼望去，借著獄卒手中昏黃的燈籠，總算認出來人竟是妻兄任天翔，這一瞬間他什麼都明白了，嘶聲道：

「是你！是你將我送入大牢，是你讓人折磨我！」

任天翔冷若冰霜，坦然承認：

「沒錯，是我！我說過，我妹妹在你們洪家受了欺負，我將以十倍百倍來回報。這一次，只是給你一個小小的警告，再有下次，我會讓你生不如死。相信你已經看到了，我不僅有這個決心，也有這個能力。」

洪邪從任天翔冰冷的眼眸中，第一次看到了他心中的冷酷和狠厲，也終於明白生不如死的含義。他機械地點點頭，喃喃囁嚅道：「不……不敢了……」

任天翔勉強擠出一絲笑容，對洪邪柔聲道：

「你貪淫好色我可以理解，但你不該欺負我妹妹。記住我在你們拜堂時說過的那三句話，永遠都不要忘記。」

洪邪連忙點頭：「小人記……記住了！」

有人已解開了洪邪腳上的繩索和鐐銬，任天翔將他扶起來，親自為他擦去臉上的污垢，淡淡道：

「這事暫且揭過，要不是我妹妹三天兩頭找我要人，我定要你在這大牢中慢慢爛掉。你記住，你是因為我妹妹還愛著你才活到現在，要是哪天我妹妹不再愛你了，你會死得很慘很慘。就憑你欺騙我妹妹純真感情這一樁，死一千遍也無法贖罪。」

這話任天翔雖然是淡淡道來，但其中的仇恨和怨毒令洪邪激靈靈打了個寒顫，已經不知道該如何回答。

就聽任天翔又道：「你入獄之事，天琪要問起，你知道該怎麼說吧？」

洪邪一個激靈，忙道：「小人會說是那胡姬背著我偷人，被我發現失手殺死。是任大人打通刑部和大理寺各路關節將我救出，不敢說大人半句不是。」

「算你識相。」任天翔一聲冷哼，轉身吩咐隨從，「將他抬出去，好好清洗乾淨，我可不想讓天琪看著難受。」

幾個隨從將洪邪抬走後，那些假扮死囚的侍衛圍了過來，爭相道：「這小子也夠狠，重刑之後還能踢傷老張。要不是大人吩咐不可太過，咱們真想找幾個死囚將他輪姦了。」

任天翔關切地問：「老張傷勢如何？要不要緊？」

一個侍衛忙道：「已經送去救治了，傷得不輕，肋骨斷了兩根。」

任天翔忙拿出兩張錢票，遞給其中一個侍衛道：「這裏有兩千貫錢，一千貫給老張治傷，一千貫給兄弟們分了。這次多虧了弟兄們幫忙，改天我再好好謝謝大家。」

幾個侍衛急忙推拒，紛紛道：「能給大人辦事那是我等的榮幸，豈能收錢？最多我們將這一千貫轉交給老張，剩下這一千貫，我們是萬萬不能收！」

任天翔正色道：「弟兄們出力冒險為我辦私事，小弟哪能沒有表示？往後小弟還有事託付大家，要是不收下這錢，以後小弟如何還能開口？」

眾人又推讓了一回，這才勉強收下。

任天翔與眾人來到牢房外，就見高名揚已等在那裏，見他們出來，高名揚笑著迎上來問：「老七，對大哥的點子可還滿意？」

「滿意滿意！」任天翔欣喜地連連點頭，「這麼損的點子，也只有你這捕快世家出身的混蛋才想得出來，難怪當年來俊臣那些個酷吏都要向你家長輩請教。我得好好謝謝你和三哥，這次可多虧了你們幫忙。」

高名揚哈哈一笑，低聲道：「老七能說動安將軍幫忙，將洪勝幫營救洪邪的一切努力化解於無形，這才是天大的本事。要知道洪勝幫與安將軍關係非淺，這可是讓安將軍拿自己人給兄弟出氣啊，可見老七與安將軍關係更為密切。」

任天翔笑而不答，不過心中卻知道高名揚所言不虛。安祿山竟肯拿洪邪給自己出氣，其籠絡結交之心昭然若揭，看來，他已經猜到了自己奉旨結交的目的，所以才捨得下如此血本。

任天翔對安祿山是否忠心並不太感興趣，他只知道，有了皇上給自己的那道密旨，可以好好敲安祿山幾筆。

「走走走，喝酒去，我得好好謝謝幾位哥哥。」任天翔熱情地招呼眾人，「把三哥他們都叫上，好久沒跟幾位哥哥喝酒，咱們好好聚聚！」

如今任天翔身分已不同往日，只一句話，就有手下侍衛分頭去請柳少正等人。少時一干人浩浩蕩蕩來到醉仙樓，包下了最大一個豪廳。

任天翔想起幾個月前自己在這裏請客的遭遇，有種恍若隔世的感慨。他總算明白為何世人皆知仕途凶險、伴君如伴虎，卻依舊趨之若鶩，原來一朝得意，便可呼風喚雨，八面威風。

十多個御前侍衛加上高名揚、施東照、柳少正、費錢、周福來等人，滿滿當當坐了兩大桌，眾人紛紛向任天翔道賀。

任天翔意氣風發，對眾人道：「再過幾天我就要搬新居，到時候大夥兒一塊兒來熱鬧熱鬧，把相熟的朋友都叫來，人越多越好。」

眾人紛紛答應，齊聲道：「任大人喬遷之喜，咱們當叫齊朋友，一塊兒給大人慶祝。」

任天翔心情舒暢，不禁開懷暢飲，不多時便有了七八分酒意。他突然想起一事，便醉醺醺地對眾人道：「小弟還有一樁恩怨未了，不知諸位哥哥可肯幫忙？」

眾人也都有了幾分酒意，聞言紛紛道：「有什麼事，兄弟儘管開口，現在在這長安城中，除了皇上就數咱們為大！以前誰要得罪過兄弟，今日就一併找回來。」

「好！這酒咱們改日再喝，大夥兒跟我走。」任天翔醉醺醺地站起身，在兩個侍衛的攙扶下往外就走。

眾人一路上浩浩蕩蕩來到當年的任府，任天翔斜眼望著門楣上「蕭宅」兩個大字，越看越不順眼，不由一聲令下：「把這匾給我拆了！」

侍衛中有不少身手伶俐的好手，並非個個都如任天翔、施東照這樣的草包。就見兩條人影一躍而起，足尖在門前的石獅子頭上一點，身形拔高數丈，居高臨下拔刀便砍。刀鋒過處，就見那方厚逾三寸的牌匾應聲斷為三截，稀里嘩啦地摔落下來。

幾個把門的弟子見形勢不對，慌忙關上大門，轉身進去報信。

任天翔雖不會武功，卻也識貨，見這二人身手伶俐，不由讚道：「好身手！不知兩位兄弟怎麼稱呼？」

二人忙拱手拜道：「回大人話，小人陸琴、小人蘇棋，給任大人請安！」

任天翔見二人年近三旬，一個面目粗豪中透著幾分精明，另一個則生得英俊瀟灑，眼眸中隱然有精銳之氣，二人雖然外貌不凡，但卻身著沒有品級的侍衛服飾，想來仕途似乎不怎麼順利，便道：

「你們以後就跟著我，本公子決不會虧待你們。現在就由你倆開路，咱們進去討點舊賬。」

陸琴、蘇琪大喜過望，躬身拜謝後，轉身便撞開大門，率先往裏便闖。

義安堂眾弟子雖然人多勢眾，但見到來的是御前侍衛和官府中人，以為是奉旨而來，皆不敢阻攔，只能眼睜睜看著眾人一路通行無阻，徑直闖入大堂。

任天翔來到義安堂議事的大廳，大馬金刀往正中央堂主的位置一坐，環目四顧道：「義安堂管事的人呢？都死絕了麼？」

話音剛落，就聽內堂中傳來一聲嬌滴滴的應答：「哎喲，我當是誰呢，原來是公子爺回來了。」

隨著這聲嬌滴滴的應答，就見蕭倩玉風情萬種地緩步而出。

雖然她年歲已經不輕，但歲月似乎並沒有在她白皙的臉上留下多少痕跡，尤其眼窩深處那雙湛藍幽深的眸子，依舊有種勾魂攝魄的魔力。任天翔很奇怪，這樣一個女人，怎麼生得出任天琪這種癡情而單純的女兒。她跟任天琪除了模樣有幾分相似外，根本就是兩種人。

看在妹妹的面上，任天翔倒也不好對她無禮，勉強起身拜道：「原來是蕭姨，天翔給蕭姨請安了！」

「哎喲，公子爺可千萬別折殺奴家。」蕭倩玉趕忙還拜道，「公子爺現在是御前侍衛副總管，皇上御口親封的國舅爺，奴家怎麼擔待得起？」

任天翔聽出了她言語中的譏諷和調侃，不過他無心跟一個女人計較，轉而問道：「我那些叔叔伯伯呢？晚輩專程前來給他們請安，怎麼一個個都躲了起來？」

蕭倩玉尚未回答，就聽門外有人答道：「得知公子駕臨，我等立刻就趕來，誰知卻還是晚了一步，未能在門外迎候公子，還望公子恕罪！」

任天翔循聲望去，就見以厲不凡為首的幾個義安堂元老，正大步由外而來。雖然他們只有寥寥數人，但自有一股不容阻擋的氣勢，幾個侍衛不約而同讓開幾步，任他們徑直來到任天翔面前。

任天翔臉上泛起一絲玩世不恭的微笑，徐徐道：「義安堂管事的爺們總算出來了幾個，我也就不繞彎子了。」說著，他抬手四下一指，「任重遠的東西我都可以不要，但是你們不該拿走他透過天琪交給我的東西。我說過，誰要從我的手中搶走屬於我的東西，我一定要加倍拿回來。」

厲不凡面色不變道：「老朽不知道公子是在說什麼東西。」

任天翔一聲冷笑：「還在給我抵賴。今天來這裏的不光有御前侍衛，還有大理寺少卿和刑部捕頭。咱們便來個三堂會審，我不信審不明白。」

厲不凡不亢不卑地質問：「任公子要審咱們，不知有沒有刑部的捕文，或者大理寺卿的手諭，又或者是聖上的御旨？」

任天翔一時語塞，此時眾人的酒意也醒了大半，柳少正忙拉拉任天翔衣袖，悄聲道：「老七，這事別鬧大了，不然大家都脫不了干係。」

任天翔自出任御前侍衛副總管以來，見慣了別人在自己面前誠惶誠恐，小心應對，還從未見過誰敢像厲不凡這樣頂撞自己。他臉上有些掛不住，冷笑道：

「不錯，今天我們沒有任何捕文或手諭，那是我看在任重遠的面上沒跟你們翻臉。你們要老老實實將我的東西還給我，本公子就還尊你們一聲叔叔伯伯，不然我下回再登門，只怕就沒這麼客氣了。」

厲不凡不亢不卑地道：「那就請任大人下回帶齊捕文和手諭再來好了，這次還請任大人賠償咱們的牌匾和大門，不然我義安堂沒法再在江湖上立足。」

「笑話！」任天翔抬手將桌上的茶具掃到地上，冷笑道，「這座府邸原本姓任，是你們巧取豪奪將它變成了蕭宅。現在本少爺砸了也就砸了，我看誰敢找我賠償！」說完向眾人一揮手，「給我砸！天大的事有本公子頂著！」

柳少正和高名揚知道利害，皆沒有動手，不過侍衛中不乏急於討好新上司的魯莽之輩，立刻推翻桌椅大肆打砸，就在這時，突聽門外傳來一聲肅穆威嚴的輕斥：

「住手！」

原本正砸得起勁的幾個侍衛，聽到這聲輕斥，就如同聽到貓叫的老鼠，不約而同紛紛停手，閃過一旁垂手而立。

就見一個身著錦袍的中年男子大步而入，雖徐徐行來，卻有一種龍行虎步的威嚴和從容。

眾侍衛紛紛撇下任天翔，轉身向那男子屈膝請安道：「卑職見過總管大人。」

那男子沒有理會眾侍衛，卻向義安堂眾人拱手道：「蕭堂主，厲長老，嚴某治下不嚴，還望諸位恕罪。」

蕭傲連忙還禮道：「嚴總管客氣了，幾位侍衛大人只是在跟咱們開玩笑，沒什麼大事。」

直到這時任天翔才知道，這眼中精氣內斂、神情不怒自威的中年男子，就是早已聞名，卻從未見過面的頂頭上司、御前侍衛總管嚴祿。他連忙訕訕地上前拜見：「原來是嚴總管，屬下任天翔，拜見總管大人。」

「不敢！」嚴祿淡淡道，「聖上正有事召見副總管，傳旨的內侍遍尋不得，沒想到副總管卻在這裏公幹。」

任天翔心中一凜，急忙道：「屬下這就回宮，告辭！」說完，帶著眾人匆匆而去，眾人鎩羽而歸，都有些意興闌珊，半道上就紛紛告辭。

任天翔忙留住高名揚和柳少正道：「二位哥哥，小弟有事相托，還望兩位不吝相助。」

二人忙道：「老七有事儘管開口，何必這麼客氣。」

任天翔拉著二人避開隨從，這才低聲道：「我想托兩位哥哥幫我查兩件舊事，這事已經過去多年，當事人也許已經離開了長安，我想只有遍及天下的刑部捕快，或者專查大案要案的大理寺，才有可能查到些端倪。」

二人見任天翔說得慎重，忙道：「是何案件？」

任天翔肅然道：「一樁是當年任重遠之死，關鍵人物是一個叫如意夫人的女人，把她找出來；另一樁是老六江玉亭墜樓之事，這事當年有個目擊者叫小紅，是宜春院剛下海的姑娘，慘案發生後不久，她就離開了宜春院，找到她，也許就能知道六哥墜樓的真相。」

二人心知關係重大，都慎重地點頭應承，高名揚遲疑道：「要是查出那晚老六確實是因與你爭執而墜樓，不知兄弟如何處置？」

任天翔苦笑道：「若是如此，我就只好到韓國夫人府上負荊請罪，任由她處置。不過我堅信那晚的事不會這麼簡單，任重遠剛出意外，義安堂群龍無首之時，我這個有望繼承堂主之位的人卻偏偏出了這種事，這一切現在看來，都像是有人在暗中安排。能否解開謎團將這個人揪出來，小弟就仰仗兩位哥哥了。」

二人連忙答應道：「兄弟見外了，咱們定調動一切力量，為兄弟查清這事。」

任天翔叮囑道：「這事要在暗中進行，千萬不要讓第四人知曉。一有消息就儘快通知我。」

高名揚忙道：「咱們知道利害，兄弟放心好了。」

與二人分手後，任天翔這才輕輕吐了口長氣，心中燃起新的希望。以前他雖然也托褚剛去查過這事，但想褚剛僅憑一個人的力量，怎麼能跟遍及天下的刑部捕快和專辦大案要案的大理寺相提並論，有高名揚和柳少正幫忙，查清這兩樁往事的希望大大增加。

他倒不是一定要給任重遠報仇，也不是一定要為自己討個公道，他只是不想讓人當成傻瓜一樣戲耍。

無論你是誰，我一定要將你給找出來！任天翔在心中暗暗發狠道。看看天色不早，他急忙翻身上馬，一路上快馬加鞭，直奔朱雀門。

僻靜清雅的德政殿位於大明宮內苑，是當今聖上批閱奏摺、接見心腹大臣的地方。當任天翔在內侍的引領下來到這裏時，就見聖上臉上已有些不耐煩。

任天翔行過君臣之禮後，就聽聖上問道：「你出任御前侍衛副總管已經有段時間，跟許多官吏已經相熟，不知跟安祿山交往得如何？」

任天翔連忙如實答道：「前日聖上為安將軍修建的驃騎大將軍新府邸落成，微臣出席了安將軍的喬遷喜宴，與他算是相熟了。蒙聖上金口玉言認下微臣這個國舅，安將軍對我還算敬重，堅持以郎舅之禮侍奉微臣。他還送了微臣一座宅院，微臣奉旨與他結交，不敢推拒，只得替皇上收下。地契微臣一直帶在身上，正準備著隨時交給聖上。」說著，從懷中掏出地契，雙手捧著遞了上去。

李隆基啞然失笑道：「你這小子，朕難道不懂你那點小心眼？你自己早就想收下這份厚禮，卻又怕背上受賄的罪名，便假意將它上繳。你知道朕不會要你的東西，所以才故作姿態吧？」

任天翔不好意思地嘿嘿一笑：「聖上英明神武，微臣只有敬仰的份。」

李隆基冷哼道：「這宅院朕就賞了你吧，從今往後，它就是你清清白白的財產。不過你別光顧著收禮，朕交代你的事辦得怎樣了？」

任天翔忙道：「微臣已經跟安將軍有了私交，不過由於相交不久，安將軍肯定不會跟我說心裏話，所以微臣還不敢肯定他是否對聖上忠心耿耿。」

看在安祿山的厚禮和幫自己收拾洪邪出氣的份上，任天翔沒有告安祿山的黑狀，他知道自己能一步登天成為國舅，又被聖上委以重任，授御前侍衛副總管，這全都是拜安祿山所賜。沒有安祿山，也就沒有他任天翔的今天，他當然不會急著斷了自己的前程。

李隆基不置可否地哼了一聲，淡淡道：「這事你得抓緊，現在邊關告急，契丹人開始作亂，官兵已經打了幾次敗仗。現在有不少大臣都在奏請讓安祿山回去坐鎮范陽，不過也有少數大臣對安祿山有所擔憂。現在你該知道，你的情報對朕來說有多重要。」

任天翔忙道：「微臣一定竭盡所能，幫皇上看穿安祿山的五臟六腑。」

李隆基冷哼道：「竭盡所能？你有時間到處耍威風，差點連別人的府邸都給拆了，還有心思替朕辦事？」

任天翔心中大駭，沒想到皇上消息這麼靈通，這麼快就知道自己帶人大鬧義安堂的事。那嚴祿只怕不是碰巧出現在那裏，而是得到消息就立刻趕來。這麼說來，這義安堂在聖上心目中，只怕有著非同一般的地位。

正胡思亂想間，卻聽李隆基輕嘆道：「當年朕能從武氏一族手中奪回李唐江山，平定韋皇后和太平公主之亂，實是得了任重遠和義安堂之助。當年朕曾親口答應過任重遠，決不會像漢武帝那樣取締和打壓江湖幫派，任重遠雖死，朕依舊信守著對他的承諾，所以朕不希望你堂堂御前侍衛副總管，帶著大批御前侍衛去騷擾義安堂。如果再有下次，必定嚴懲不貸！」

任天翔沒想到任重遠與當今聖上，竟然還有這層淵源。他不好意思地吐吐舌頭，小聲問：「微臣與義安堂有點個人恩怨，總不能就這樣算了吧？」

李隆基淡淡道：「江湖事江湖了，只要你不是以官家的身分，朕才不關心江湖上那些雞毛蒜皮的瑣事。」

任天翔心中有數了，見聖上開始在打哈欠，連忙起身告退。

隨著內侍出得殿門，一路原路而回。

快到玄武門時，突見一名宮女從拐角閃了出來，攔住二人去路。那內侍一看，連忙滿臉堆笑拜道：「原來是貴妃娘娘身邊的侍兒姐姐，小人有禮了！」

侍兒點點頭，對他擺擺手：「我有話跟新任御前侍衛副總管任大人說，你行個方便。」

那內侍知趣地退到一旁，任天翔忙拱手問：「不知侍兒姐姐有何指教？」

侍兒上上下下打量了任天翔半晌，微微頷首道：「穿上這身官服，簡直就像是變了個人。你可知道你這四品帶刀侍衛、御前侍衛副總官是怎麼來的？」

任天翔忙道：「全是拜神仙姐姐所賜！小人一直想要當面感謝姐姐，奈何禁宮深深，所以一直沒有機會。」

侍兒頷首道：「算你還有點良心。你有這心，我會替你轉告娘娘，不過，現在娘娘有件機密之事，想要託付一個信得過的心腹去辦，不知你是否願為娘娘效勞？」

任天翔立刻道：「赴湯蹈火，在所不辭！」

侍兒正色道：「這事干係重大，娘娘要你瞞著所有人，甚至皇上問起都不能說，你能不能做到？」

任天翔心中詫異，面上則故作不解地嘻嘻笑問：「娘娘與皇上乃是一對神仙眷屬，有什麼事需要將皇上也瞞在鼓裏？」

侍兒杏眼一瞪：「不該你知道的就不要多問，你能不能做到？」

任天翔在心中略作權衡，這才小心道：「姐姐於我有天大的恩惠，她託付的事，小人絕不告訴任何人。」心中卻在想，娘娘差心腹侍兒前來傳諭，這事看來不小。要真是皇上問起，說還是不說？不說是欺君，說了是失信，欺君要殺頭，失信於娘娘多半也活不長，媽的，怎麼算都是死路一條了！

侍兒見他答應，這才壓低嗓子道：「最近外面長樂坊來了個舞姬，舞技超凡脫俗，被外面那些俗客視為天人。這事不知怎麼讓皇上知道了，多次微服去長樂坊觀舞，對那舞姬癡迷不已。娘娘要你去暗中查探，若證實確有此事，娘娘要你讓那個舞姬永遠消失。」

任天翔心中暗暗叫苦，心知這事多半屬實，要照娘娘的吩咐殺了那個舞姬，皇上一旦追究起來，自己肯定小命不保；但若不照娘娘吩咐去辦，她要在皇上耳邊吹點枕頭風，自己的前程和小命就懸在她那三寸香舌上，懸之又懸。這事答應也不是，不答應更不是，他只得故作糊塗道：

「娘娘想要那個舞姬如何消失？」

侍兒嗔道：「你把她淹了也好，埋了也行，總之，要讓皇上永遠也見不到她。這事要辦妥了，娘娘自有賞賜，要辦砸了，你自己掂量掂量吧。」

任天翔只得敷衍道：「我先去查查，若真有此事此人，小人定替娘娘解憂。」

第四章

鞭炮聲中，任天翔坐跨高頭駿馬，昂首來到新居大門前。府邸外裝飾一新，門楣上「任府」二字雖不及當年古樸遒勁，卻也飄逸飛揚、清新脫俗。

任天翔滿意地點點頭，昂首進入大門。

「劈哩啪啦」的鞭炮聲中，任天翔坐跨高頭駿馬，昂首來到新居大門前。

但見府邸外裝飾一新，門楣上「任府」二字雖不及當年的「任府」古樸遒勁，卻也飄逸飛揚、清新脫俗。

新的任府也不及當年巍峨龐大，卻也算得上庭院深深，院門重重。任天翔滿意地點點頭，在一干狐朋狗友的蜂擁下，昂首進入大門。這是他喬遷新居的黃道吉日，也是他第一次在自己家中大宴賓朋。

聞訊而來的除了長安七公子，還有不少文武官員及富商大賈，雖然任天翔無論資歷還是品級，在高官雲集的長安城都還排不上號，不過誰又敢低估新晉御前侍衛副總管、聖上御口親封的國舅爺未來的潛力呢？人們本著寧可拜錯一千，也不放過一個的原則，紛紛趕來賀喜，將新的任府擠了個水洩不通。

任天翔意氣風發，親自到二門迎接陸續前來祝賀的賓朋。少時突聽門外迎賓司儀高唱：「洪勝幫少幫主洪邪，攜少夫人前來道賀……」

任天翔一聽連忙迎出大門，就見任天琪與洪邪率幾名洪勝幫弟子抬著賀禮並駕而來。多日不見，就見妹妹臉頰上的淤青已經完全消失，眉宇間多了幾分淡淡的喜氣。而洪邪雖然傷勢已經康復，不過精神尚有些萎靡，尤其在見到任天翔時，眼中竟流露出一種老鼠看到貓的膽怯。在數丈外就趕緊翻身下馬，滿臉堆笑地大禮拜倒：「小人給任大人請安！」

「妹夫不必多禮！」任天翔趕忙將他扶起，執著他的手笑吟吟地道，「自家人何必這麼客氣？你在我面前不必拘泥官場禮數，只論家人親情。以後你就跟著天琪叫我一聲三哥，你要再叫大人我定要罰你。」

「是！大人！」洪邪話剛出口才意識到有誤，見任天翔面色一沉，他的臉色唰一下就白了，雙膝一軟就要跪倒。

卻見任天翔一本正經地道：「來人，給我記下來。今天妹夫叫我一聲大人，就給我罰三杯酒，誰也不准替他喝。」

隨從轟然答應。洪邪懸著的心總算放了下來，勉強擠出一絲笑容：「多謝……三哥！」

「快將我妹夫領進去，好生款待，不得有任何怠慢。」任天翔一聲令下，兩個隨從陸琴、蘇琪已應聲領洪邪進了大門。

任天翔拉著任天琪落後幾步，打量著她的臉頰小聲問：「你的傷……沒事了吧？洪邪還打你沒？」

「已經沒事了。」任天琪嫣然一笑，「邪哥上次從獄中出來後，像是變了個人，對我從未有過的好。我想他是受到了教訓，知道這世上只有我才會對他那麼好。」

任天翔放下心來，在心中冷笑：看來洪邪就是個賤人，只有用對付賤人的辦法他才聽得懂。心有所想，臉上便有所表現，任天琪冰雪聰明，見狀不由問：「上次的事發生得十分蹊蹺，不會是三哥你做了什麼吧？」

「我？你以為我做了什麼？」任天翔強笑道，「我不過是告訴妹夫，讓他以後對你好點，不然他要再遇到麻煩，別想要我再幫他。」

任天琪有些將信將疑，還想再問，突聽門外司儀高唱：「韓國夫人差義女上官姑娘前來祝賀，裏邊請！」

任天翔聞言，忙對任天琪道：「你先隨他們進去，我得去招呼客人，待會兒咱們再聊。」

匆忙來到門外，就見上官雲姝正率兩個奴僕抬著禮物進來，任天翔滿臉堆笑，拱手拜道：「多日不見上官姑娘，沒想到更見漂亮了。許久沒有到夫人府上請安，不知夫人可好？」

上官雲姝面上依舊冷若冰霜，目不斜視地淡淡道：「夫人正說任大人平步青雲，公務繁忙，早忘了對她的承諾呢。」

「卑職哪敢？」任天翔涎著臉陪笑道，「我就算忘了誰，也不敢忘了夫人和上官姑娘。卑職能僥倖受到皇上重用，正是得了夫人妹子貴妃娘娘之助，卑職正琢磨哪天當面向夫人道謝，沒想到夫人竟差上官姑娘前來祝賀，這讓我如何擔待得起？待會兒我定要向上官姑娘好好敬上幾杯，以謝大恩。」

上官雲姝似乎對任天翔的油嘴滑舌頗為反感，除了鼻孔裏一聲輕蔑的冷哼，沒有任何反應，讓任天翔滿腔熱情撲在了一團寒冰上，上也不是下也不是，臉上不禁有些尷尬。

幸好此時大門外傳來了一陣騷動和爭吵，似乎門外迎賓的司儀與人爭執了起來，任天翔借機告退，匆匆來到門外一看，就見是「滾地龍」周通率一幫叫花子前來道賀。

司儀不知周通與任天翔的淵源，自然阻攔不讓進，雙方正在爭執，見到任天翔出來，周通憤憤道：「任公子喬遷之喜，兄弟特帶一幫弟兄前來祝賀，沒想到貴府的看門狗不識好歹，要趕我們走。公子若是嫌棄咱們叫花子，只需一句話，咱們立刻就走人。」

任天翔忙笑道：「下人不知周兄是任某落難時的朋友，周兄莫跟他們計較。周兄看得起我任某，特率兄弟前來道賀，任某哪有將大家往外趕的道理？都隨我入席，容我向大家當面賠罪！」

周通轉怒為喜，呵呵笑道：「任公子不計較咱們身分卑賤，咱們卻不能沒有自知之明。今日公子府上貴賓雲集，咱們這一去豈不掃了眾人酒興？兄弟不敢與達官貴人同席，只求公子賞我們點殘羹剩水，富餘酒菜，兄弟們便心滿意足了。」

任天翔又力邀了幾回，見周通堅辭不受，只得令廚下為眾乞丐再準備酒菜，讓他們在門外席地而坐，與己同樂。

剛安撫好周通等人，就聽司儀又在高唱：

「三府節度使、驃騎大將軍安祿山遣長子、忠武將軍安慶宗將軍前來向國舅爺祝賀，裏邊請！」

任天翔知道安祿山自傲身分，不屑於親自前來祝賀，能差兒子前來就已經給了自己天大的面子，就不知他怎麼突然多了個兒子在長安。

任天翔滿腹狐疑地迎出大門，就見一個身著四品武官服飾的年輕將領，已在大門外翻身下馬，正率數名隨從緩步而來。

任天翔見他長得與安祿山有幾分神似，心知必是安慶宗無疑，忙迎上前正待拜迎，就見對方已搶先拜倒：

「侄孫給舅公大人請安！」

任天翔一愣，好半天才算明白這輩分。自己既然是安祿山的乾舅舅，那他的兒子算下來確實該叫自己舅公。只是這安慶宗年紀明顯比自己還要大一截，卻甘願給自己磕頭做孫子，讓任天翔頗有些過意不去，忙擺手笑道：「安將軍不必客氣，你我年歲相仿，還是平輩論交為好。」

安慶宗忙道：「大人是聖上御口親封的國舅，而家父則是貴妃娘娘義子，算下來大人便是慶宗舅公。咱們俱是皇親國戚，豈能不顧上下尊卑？長幼之序？」

任天翔見他說得雖然認真，但臉上的尷尬卻掩飾不去，顯然比他老子安祿山臉薄一點。

任天翔見狀故意調侃道：「今日來的賓客有不少是我兄弟，跟我是平輩論交。你既然堅持做我侄孫，待會兒是不是要給他們一個個磕頭？我的兄弟多不勝數，你這頭要一個個磕下來，只怕會變成豬頭。」

安慶宗聞言愣在當場，答應也不是反駁也不是。

任天翔見狀，呵呵笑著將他扶起：「咱們這輩分，原本都是哄皇上高興，就在皇家內院論為好。出了大內，咱們理應平輩論交。」

安慶宗心中感激，忙點頭答應：「既然大人堅持，卑職就依大人之見。」

任天翔見隨同安慶宗前來的，除了幾個護衛兵卒和武師，還有一文二武三個隨從。文是個飄逸出塵的青衫男子，武則是一名脖子上繫著紅巾的契丹少年和一名腰佩雙劍的扶桑武士。

這三人他都不陌生，尤其那青衫文士更是與他有結拜之誼。他丟下安慶宗，滿臉堆笑迎上前，驚喜道：「沒想到是馬兄，小弟何德何能，竟能勞動馬兄玉趾？」

司馬瑜淡淡笑道：「自家兄弟，不必客氣。聽聞兄弟喬遷大喜，為兄便陪同少將軍前來，也借機帶兩個老朋友前來祝賀，希望沒有讓你感到突兀。」

「兄弟正求之不得！」任天翔說著，轉向辛乙和小川流雲，他與辛乙雖然也算見過多次的熟人，不過卻對這個面上帶著微笑，行事如狼一般狠辣的契丹少年心存忌憚，略點了點頭算是招呼，然後轉向小川流雲，滿臉堆笑道：

「上次與小川兄分手後，心中一直記掛，不知小川兄近來可好？」

小川流雲學著唐人的禮儀鞠躬還禮道：「自從得知晁衡大人隨藤原大人取道杭州回了日本，我便只好在貴國滯留下來，等待有東去日本的使團或船隊，以便搭船歸國。沒想到不久前偶遇馬兄，在下仰慕馬兄的才學和為人，決定留下來向馬兄學習大唐文化，待學有所成再歸國不遲。」

任天翔喜道：「這麼說來，大家都不是外人，今天定要一醉方休！」

親自將安慶宗、司馬瑜、小川流雲領到內堂最尊貴的主席，就見來賓早已濟濟一堂，內、外堂中滿滿當當坐了十餘桌，其中一大半賓客任天翔連見都沒見過，能叫出名字的更是寥寥無幾。他終於體會到「窮在鬧市無人問，富在深山有遠親」的道理。

褚剛雖然是任天翔最信任的兄弟，不過畢竟出身江湖草莽，對官場上的應酬和禮數俱一竅不通，所以幫忙招呼應酬的重擔就落在了施東照和費錢兩人身上，他們一個是御前侍衛，一個是四通錢莊的少東家，無論對官面上還是生意場上的人物都熟悉，所以沒有讓任天翔失望，替他將外堂中各路賓客招呼得妥妥當當。

內堂與外堂只隔了一面屏風，只設了兩桌，一桌是任天琪、上官雲姝及幾個達官貴人的女眷，任天翔雖有了新家，卻還是孤家寡人一個，招呼女賓的重擔就落在了小薇這醜丫頭身上。

任天翔原本還擔心她會出醜，卻沒想到這醜丫頭倒也見過些世面，沒有露出半點怯意，想起她原本出身書香門第，任天翔對這倒也釋然。

內堂另一桌則是任天翔最重視的幾個貴客。他先將安慶宗讓到最尊貴的首席，然後將洪邪讓到緊鄰安慶宗的次席。

他先向眾人介紹了安祿山的長子安慶宗，然後向眾人介紹自己的妹夫：

「相信大家都認識洪勝幫少幫主，不過我還是要向大家隆重介紹。這是我任天翔的妹夫，也是我的好兄弟。以後但凡有用到兄弟們的地方，望大家不吝援手，他的事就是我的事，他的話就是我的話。」

眾人轟然答應，紛紛道：「任兄弟的妹夫就是咱們的妹夫，以後要遇到麻煩儘管開口，咱們一定幫忙。」

洪邪答應也不是，不答應也不是，臉上有說不出的尷尬。任天翔將他按到座位上，繼續往下介紹道：

「這位馬兄，不僅是安將軍的心腹親信，更是與我有著多年的交情。雖然現在認識他的人還不多，不過我敢肯定，像馬公子這樣驚才絕豔的曠世奇才，總有一天必定會名滿天下，無人不識。」

說到這，任天翔很是遺憾地搖搖頭，「可惜我只有一個妹妹，我要再有個妹妹，一定要她嫁給馬兄。」

眾人奇道：「這是為何？」

任天翔嘆道：「因為他太聰明了，聰明到令人感到可怕。我真怕有一天成為他的對手，跟他做親戚遠比作對手要安全得多。」

眾人哄堂大笑，周福來調侃道：「這還不簡單，問問馬兄是不是也有妹妹，要有的話，讓她嫁給老七也一樣，這樣一來，你們一樣是親戚了。」

眾人紛紛鼓掌叫好，待笑鬧聲稍停，司馬瑜才微微笑道：「我還真有個妹妹，而且與任公子年歲相當。如果她願意的話，我也想要她嫁給任公子，因為我也只想有任公子這樣的親戚，不想有任公子這樣的對手。」

眾人紛紛起鬨道：「不知馬公子妹妹在哪裡？何不請來見個面，要是與任兄弟看對了眼，乾脆就定了親，讓任兄弟來個雙喜臨門。」

司馬瑜遺憾道：「可惜我離家多年，不知舍妹是否許了人家，若有機會的話，我還真想回家看看。」說到最後，眼中竟閃出一絲難掩的落寞和懷戀。

「我也有個妹妹，而且現在就在長安。」突然有人插話，卻是被主人冷落了的貴客安慶宗。

他雖然身分尊貴，但與眾人都不熟悉，因此一直插不上話。見眾人都在調侃任天翔，他也忍不住插話道，「舍妹安秀貞，從小隨奶奶長大。這次聽說我要來長安，便吵著要隨我來開開眼界。她雖年過雙十，至今卻還沒有婆家，我這妹妹一向眼高於頂，為她的終身大事，家父沒少操心。任大人年少有為，且尚未定親，何不選個日子與舍妹見個面？也許千里姻緣，就在這一線呢。」

眾人聞言紛紛起鬨，鬧得任天翔大為尷尬，連連擺手道：「安將軍的小姐，不是尋常人家配得上，小弟才疏學淺又出身草莽，哪敢高攀？」

「任兄弟現在是聖上御口親封的國舅，身兼御前侍衛副總管，這身分與安小姐正是門當戶對。」眾人起鬨道，「你無論如何得跟安小姐見過面，沒準就讓安小姐看上了呢！」

任天翔被眾人哄鬧得看不了口，安慶宗趁機道：「改日我就在府上設宴，專請任大人和你這一干兄弟，然後讓舍妹作陪，還請大人不吝賞臉。」

任天翔正待拒絕，費錢已興沖沖替他答應下來：「沒問題，沒問題，到時候老七要敢變卦，我讓人將他綁了給安小姐送去。安小姐若看不上就算了，要是安小姐看入了眼，就將他留在驃騎將軍府做上門女婿。」

眾人轟然叫好，紛紛舉杯祝賀，一時紛亂如潮。

正混亂間，突聽門外司儀高唱：「摩尼教東方大教長座下五明使大般、淨風，奉大教長之命前來為任大人道賀。」

眾人聞言臉上都有幾分古怪，紛紛小聲嘀咕：「是摩門弟子？」

任天翔心中也是咯登一跳，雖然僅見過摩門弟子兩三次，但就這兩三次已經給他留下了深刻的印象。摩門弟子那種不可理喻的執著和獻身精神，令任天翔有種本能的敬畏。

想起他們每次出現都伴隨著血腥和傷亡，他心中就有些惴惴不安，不過眼見家中貴賓如雲，其中不乏大內高手和公門好手，他稍稍放下心來，自忖從未得罪過摩尼教，對方肯定不會當著這麼多貴賓來找麻煩。想到這，他點頭向眾人示意：

「隨我到大堂外迎客！」

眾人隨著任天翔來到大堂外，就見兩名身著白袍的摩門弟子已來到近前。

但見二人一男一女，皆高鼻深目，白膚栗髮，顯然不是中原人士。雖然長安乃世界繁華之都，不乏來自世界各地的各色人種，但像二人這樣雪白長袍一塵不染，舉手投足間，那種不食人間煙火的冷靜氣質，卻也是極其罕見。

就見二人在大堂階前站定，向迎出門來的任天翔撫胸為禮道：「摩門弟子大般、淨風，奉師尊之命前來向任大人道賀。」

這二人任天翔俱不陌生，大般就是當初在洛陽白馬寺求見無妄大師而不得，不惜與明友一起自傷的二人之一，他不僅砍下了同伴明友的頭顱，而且幾乎劃開了自己的肚子，雖然現在他神情平和，卻依然令任天翔感覺到一絲涼意。

淨風雖然是個風姿綽約的少婦，碧眼雪膚，身材婀娜，但在任天翔眼中，卻沒有一絲女性的嫵媚和溫柔，只記得她那迅若鬼魅的身影。

見眾人都在看著自己，任天翔清了清嗓子，小心問道：「我與二位素不相識，跟摩門更沒有任何交情，不知二位……」

就見淨風嫣然一笑，款款道：

「大教長曾耳聞任大人之名，早有結交之心。正好一個月後本教首座大雲光明寺在長安落成，想請任大人與在場朋友前去觀禮。咱們在長安認識的朋友不多，所以就趁任大人大宴賓朋的機會，將請柬發到諸位朋友手中。」

大般應聲拿出一疊請柬，一一發到包括任天翔在內的眾賓客手中。任天翔展開請柬一看，但見請柬上沒有稱呼和落款，只有短短的一句話——八月十三日，摩尼教首座大雲光明寺在長安西城落成，恭迎各路朋友蒞臨觀禮。

任天翔心中奇怪，忍不住轉頭小聲詢問身後的柳少正：「長安乃大唐國都，怎麼隨便什麼人都可以在長安破土建廟？你知道這事麼？」

柳少正小聲道：「這事在工部備了案，乃楊相國一力促成，聖上也知道。」

任天翔一聽是楊國忠一力促成，頓時無話可說，只得對淨風敷衍道：「如果那天沒有公務，在下一定到場。」

淨風微微笑道：「多謝任大人賞臉。除了請柬，大教長還有一份賀禮，要弟子親手交到任大人手中，望任大人笑納。」說著，她從懷中掏出一個錦盒，雙手高舉捧到任天翔面前。

「這是什麼？」

任天翔好奇地接過錦盒，信手將之打開。就見錦盒內是一塊不規則的墨玉殘片，看起來似乎並不值錢。不過任天翔一見之下神情大變，他一眼就認出，這是義字璧的殘片！而且不是自己以前見過的任何一塊殘片。

任天翔心中的驚訝已變成了震撼，知道這塊殘片價值的人已經極其罕見，要找到這樣一塊殘片更是要靠機緣，將如此珍貴的玉片隨手送人，這是怎樣一種豪闊？而且知道自己最想要它，便借機給自己送來，那對方對自己的瞭解該有多麼深入和透澈？

任天翔只感到額上冷汗涔涔而下，雖然意外得到了一塊玉片，但他心中沒有一絲驚喜，只有一種說不出的震撼。摩尼教進入中原不過兩三年，就已經對自己這樣一個名不見經傳的小人物瞭若指掌，這種事想想就讓人感到不安。

任天翔正拿著玉片怔怔出神，就聽淨風笑問：「不知大人對大教長這份禮物可還滿意？」

任天翔回過神來，忙收起玉片拜道：「太滿意了，請替我謝謝大教長。他好像叫拂多誕是吧？下月十三在下必定親自去光明寺向他道謝。」

淨風撫胸還禮道：「多謝任大人賞臉，淨風使命達成，這就告辭。」

任天翔心中暗自舒了口氣，恨不得這兩個狠人早點走，不過面上還是故作客氣地挽留：「你二人既然是奉命前來道賀的使者，也是任某貴客，豈能就走？」

「對啊！」費錢不知道任天翔的心思，兩眼幾乎落在淨風身上，聞言急忙幫任天翔留客，「來都來了，得跟大家喝杯酒認識一下，不然豈不是不給任大人面子？」

眾人紛紛附和。

淨風與大般交換了一個眼神，嫣然笑道：「入鄉隨俗，咱們就敬任大人幾杯。不過本教禁酒茹素，所以請允許咱們以茶代酒敬大人。」

任天翔心中恨不得將費錢扔出大門，不過面上也只得勉強笑道：「這還不簡單？來人，令廚下做一桌素宴，款待摩門貴客。」

酒宴重新開始，在眾多吆五喝六的賓客中，就見大般、淨風正襟危坐，獨佔一桌，顯得頗為另類。

雖然二人僅在大堂一角靜靜地喝茶，但所有賓客都感覺到了他們的存在，不自覺地壓低了嗓子。他們就像是天生就有一種魔力，無論在任何場合、任何角落，都會成為人們關注的焦點。

任天翔已令人撤去了大堂內外的屏風，這樣內外合為一堂，顯得更加通透寬敞。酒過三巡，費錢酒意上湧，不由斜眼望向一旁的淨風，醉眼朦朧地笑道：

「你叫淨風，不知我該稱你為淨風姑娘還是淨風夫人？」

淨風淡淡笑道：「淨風是我的教職，不是我的名字。我簡名是索蘭，而且也沒有嫁人。身為摩門五明使，需將畢生都祭獻給光明神，不能有家人的羈絆。」

「索蘭！」費錢點點頭，眼中滿是遺憾，「姑娘如此美貌，卻要將畢生都祭獻給看不見摸不著的神靈，這實在是可惜了。釋門也是戒律森嚴，戒葷戒酒，不過，尼姑都可以還俗，就不知道索蘭姑娘有沒有想過還俗嫁人？」

任天翔生怕費錢這花花大少將淨風當成普通女人調戲，激怒了對方恐怕要吃大虧，忙截住他的話對淨風道：「我這兄弟喝多了，尊使別往心裏去。」

「誰說我喝多了？我看你才喝多了，你們全家都喝多了！」費錢大著舌頭道，「姑娘叫索蘭是吧？在下費錢，四通錢莊少東家，長安人都認識。兄弟別的本事沒有，就是錢多，以後姑娘缺錢需要周轉，儘管來找我。多的不敢說，幾萬貫的數額我還做得了主。」

淨風微微一笑：「多謝費公子好意，不過摩門弟子以節儉修身，淨風只怕一輩子都用不到那麼多錢。」

「那怎麼成？」費錢大為不平，「像你這麼漂亮的女人，怎麼也得有幾件拿得出手的首飾吧，往少說也得幾千貫，再加上宅院、馬車和日常開銷，一年沒一萬貫怎麼過得下來？都說女人花錢如水，沒有水，花怎麼能開得鮮豔？姑娘缺水的時候，一定要記得來找我，這是我的名帖，在下必定傾力相助。」

任天翔見這花花大少越說越不像樣，還拿出名帖要給淨風送過去。怕他鬧出更大的笑話，任天翔忙將他按回座位，斥道：

「五明使乃摩門高人，哪在乎你這錢財俗物？」

「不要錢？」費錢大著舌頭問，「那她總有喜歡的東西吧？」

任天翔見這小子醉得不成樣，便賭氣道：「五明使皆身懷絕技，最欣賞真正的武技高手。要不你下場陪她玩幾招，為酒宴助興？」

費錢雖然已有七八分酒意，卻還知道自己的斤兩，聞言鼓掌大笑：「我不行，不過這裏有的是高手。」說著他轉向施東照，「老二，你小子好歹也是御前五品帶刀侍衛，有沒有膽量陪美女過過招，讓大家開開眼界？」

此言一出，眾人紛紛叫好，很多人雖然早就聽說過摩門弟子之名，卻很少有人見過他們出手，所以趁機起鬨鼓動，讓施東照也有些躍躍欲試。

別人不知道淨風和大般的身手，任天翔卻是一清二楚，知道施東照那點三腳貓的功夫，在二人面前就只有被虐的份。

不僅是施東照，就是在座所有御前侍衛中，只怕也找不出一人是淨風和大般的對手。

任天翔不由將目光轉向了安慶宗身後的辛乙，他早就看這小子不順眼，想殺殺這契丹少年的威風，便對安慶宗不懷好意地笑道：「安公子，在下想向你借一個人，不知可否賞臉？」

安慶宗忙問：「大人想要借誰？」

任天翔指向安慶宗身後的辛乙，笑道：「我非常欣賞阿乙的武功和刀法，想請他代表咱們下場陪兩位摩門高手玩玩，以助酒興。」

安慶宗尚未開口，就聽辛乙淡淡道：「小人的刀法是殺人的刀法，不是助興的刀法，望任公子諒解。」

安慶宗也抱歉地攤開手：「你若要借別人我還可以答應，這辛乙乃是家父的愛將，就連在下也指使不動他。」

任天翔一計不成又生一計，裝出不以為意地笑道：「沒關係，你另外借我一人也行。我早聞安將軍賬前精兵強將無數，也想借機開開眼界。」

任天翔知道旁人在淨風、大般面前，多半只有受虐的份，所以他絕對不會讓自己人去丟這個臉。

安慶宗不知是計，回頭看看眾隨從，見幾個隨從都躍躍欲試，便對其中一個點點頭，然後向任天翔笑道：「這是北燕門的高手趙博，其父是北燕門的掌門，就讓他為公子助興吧。」

「好！」任天翔大喜，連忙向褚剛示意，「拿一千貫錢出來做彩頭，誰贏了有賞。」

在座賓客大多是年輕人，聞言紛紛起鬨叫好。淨風推辭不過，只得道：「淨風一介女流，豈敢與北燕門高手過招，就讓我師兄大般，替我向這位趙兄討教吧。」

眾人轟然叫好，立刻在大堂中清出一塊三丈見方的空地。趙博興沖沖來到場中，對端坐不動的大般拱手一禮：「請！」

大般緩緩起身來到場中，隨隨便便往中央一站，全身空門大開，似乎毫無戒備。

趙博先以虛招試探，見對方根本不加理會，心中頓時有氣，一個衝步上前，一拳直搗大般心窩。這一拳結結實實打在了大般胸口，誰知對方身子連晃都沒晃一下，就在趙博因意外而發愣的瞬間，大般也依樣畫葫蘆一拳擊出，也打在趙博胸口，就見趙博偌大的身子憑空飛了出去，撞翻了兩張酒桌才跌落到地，口中鮮血狂湧，一招之間便已重傷。

眾人呼喝叫好聲一下子靜了下來，雖然很多人都看好大般，卻也沒想到趙博與他相差這麼遠，一個照面就幾乎送命。

就在眾人驚詫的目光中，只見大般意味深長地掃了辛乙一眼，若無其事地淡淡道：「忘了說明一下，我學的也是殺人的武功，不是助興的武功。還有誰要向大般挑戰，大般一定奉陪。」

眾人面面相覷，一時噤若寒蟬。

安慶宗幾個隨從上前扶起趙博，但見他胸前塌陷了一半，簡直慘不忍睹。如此重傷就算能保住性命，人也基本廢了，後半生都將在傷痛和掙扎中度過。幾個隨從見狀頓時義憤填膺，紛紛拔刀要為同伴報仇，卻被安慶宗呵斥道：「這是任大人喬遷喜宴，豈能舞刀弄槍跟人搏命？還不快退下！」

任天翔知道這事是自己惹出的麻煩，無論如何得由自己來善後。雖然他知道摩門五明使出手狠辣，卻也沒料到大般一個照面就差點殺了對手，讓喜宴差點就變成了喪宴。見所有人都在望著自己，他不禁在心中暗暗咒罵大般，面上卻勉強擠出一絲笑容，對大般拱手道：「摩門弟子果然出手不凡，佩服。」說著，示意褚剛將一千貫錢票的彩頭給大般送去。

大般沒有接錢票，卻傲然拜道：「這錢留給那位受傷的朋友療傷，大般使命達成，告辭！」

目送著淨風與大般傲然而去，眾人皆有些悻悻之色，原本喜氣洋洋的酒宴，突然變得有些蕭索冷清。

施東照見狀，提議道：「光咱們一幫大老爺們喝酒也沒意思，不如請幾個紅姑娘來跳舞唱曲助興，老七以為如何？」

任天翔心中一動，突然想起貴妃娘娘交代的事，便道：「聽說長樂坊來了個舞跳得極好的舞孃，不如就請她來跳舞助興吧。」

施東照點頭道：「長樂坊確實有個名動長安的舞孃，不過她從不出堂，要請動她可不容易。」

任天翔聞言笑道：「青樓女子，不過是待價而沽罷了，只要捨得扔錢，我不信會有人跟錢過不去。」說著，他轉頭吩咐陸琴和蘇棋兩個隨從，「帶上我的名帖和錢票，無論用什麼辦法，都要將她給我請來。」

陸琴、蘇棋應聲而去後，眾人便都翹首以待，想看看任天翔是不是真有那麼大的面子，能請動從不出堂的舞孃。

不到半個時辰，就聽門外司儀高唱：「長樂坊班主率樂師舞孃來賀。」

任天翔大喜，急忙傳令：「快快有請！」

眾人循聲望去，就見在陸琴、蘇棋之後，幾個樂師魚貫而入，在眾樂師之後，一個身披粉紅輕紗的女子步履輕盈，迎著眾人好奇的目光款款而來，雖然她臉上蒙著半透明的白紗巾，不過看幾個樂師眾星捧月的模樣就知道，她定是長樂坊那個名動京師的舞孃。

這舞姬不少人都見過，卻從未見過她出堂，沒想到任天翔隨便一句話，她就立刻率樂師前來祝賀，令人嘖嘖稱奇。

就見她來到大堂中央，徐徐向眾賓客拜了下去，就在這時，突聽前方傳來一聲酒杯落地的脆響，在亂哄哄的大堂中也清晰可聞。

眾人循聲望去，就見任天翔滿臉煞白，直勾勾地望著那舞姬，失聲問：「依人？你是雲依人？」

那舞姬款款拜道：「奴家謝阿蠻，給國舅爺請安。」

「不對！你就是雲依人！」任天翔雙目熾烈，幾乎是要將那舞姬覆面的輕紗看穿，「雖然你戴著面紗，又刻意改變了言語習慣，但這風姿、這神韻、這氣質依舊是雲依人，誰也模仿不來！」

那舞姬款款一笑：

「奴家很高興能與國舅爺一位紅顏知己神似，不過奴家確實是謝阿蠻，不是別的什麼人，還請國舅爺見諒。」

見所有人都在注視著自己，任天翔意識到自己的失態，他深吸幾口氣，稍稍平息了一下激動的心情，裝出若無其事地樣子道：

「對不起，也許真是我認錯了人。你叫謝阿蠻？不知你可否以真面目示人？」

那舞姬猶豫了一下，但還是款款摘去了蒙面的輕紗。眾人只感到眼前一亮，恍若整個大廳都亮堂了許多，不少人發出陣陣驚嘆。

但見這舞姬眉似柳葉，眼如晨星，鼻似懸膽，紅唇鮮豔小巧，整個面容和五官是那樣豔麗精緻，美輪美奐，簡直不像是人世間的凡女。

任天翔原本已認定這舞姬就是雲依人，但在看到她輕紗下的真容時，卻又開始猶豫起來。雖然這舞姬的眼睛幾乎跟雲依人一模一樣，但除了眼睛，她的臉上就很難再找到雲依人的影子，她的面容是那樣美豔逼人，與清秀脫俗的雲依人根本就是兩種人。

「你叫謝……什麼？」任天翔只感到大腦中一片混沌。

「謝阿蠻！」舞姬款款拜道，聲音如新鶯出谷。

任天翔清了清嗓子，勉力克制自己不要失態，然後以平靜的口吻吩咐：「謝……阿蠻，請為我的賓朋獻上一曲，讓大家見識一下你名動長安的絕妙舞姿。」

第五章 義史

季如風微微嘆道：

「秦漢以後，墨門遭到朝廷殘酷的屠戮和禁絕，倖存的墨門弟子不得不隱藏身分混跡於江湖，但是墨門弟子始終忘不了自己的真實身分，便以祖師宣導之『義』為共奉之精神，這便是義門的由來。」

隨著舒緩的樂曲徐徐響起，謝阿蠻的身體也開始隨著那音符在徐徐扭動，像一條曼妙多姿的美女蛇。那一舉手一投足，一轉身一擰腰，無不與任天翔記憶深處的雲依人神似，但是她的面容卻偏偏又明白無誤地告訴他，她跟雲依人根本就是風馬牛不相及的兩個人。

任天翔心神恍惚，一會兒將她認成了雲依人，一會兒又看清她是謝阿蠻，一個名動京師的絕色舞姬，一個令聖上神魂顛倒、令貴妃娘娘也因妒生恨的絕代尤物。任天翔的心神整個落在謝阿蠻身上，忘了周圍的歡宴，忘了需要應付的貴客，甚至忘了自己……

任天翔醉了，不記得酒宴是如何結束，自己又是如何被人送到臥房。當他半夜從大醉中醒來，只感到口乾舌燥，頭痛欲裂。他習慣性地喃喃呼喚：「茶！」

桌上的茶壺在黑暗中遞到了他的面前，他接過茶壺就是一陣鯨吞海飲，直到壺中茶水幾乎涓滴不剩，他才意猶未盡地將茶壺從嘴邊拿開。直到這時，他才突然意識到，自己一直是獨眠，睡房中怎麼會有第二個人？

一瞬間，他渾身毛骨悚然，轉頭望向方才遞來茶水的方向，失口輕呼：「什麼人？」

「我！」黑暗中傳來一聲應答，雖然僅有短短一個字，也嚇得任天翔差點從榻上滾落下來。

他翻身而起，急忙凝目望去，就見黑暗中有個黑影端坐在一旁的太師椅中，隱隱約約如同鬼魅一般。雖然對方只說了一個字，但任天翔也已經認出了他的嗓音，不由喝問：

「季如風，你、你怎麼進來的？」

「難得你還記得你季叔，」黑暗中傳來那人的感慨，「我原以為任大人春風得意，早將咱們這些老傢伙忘了呢。」

「你還有臉自稱我叔？」任天翔心神稍稍平定下來，不由冷笑道，「好像你忘了當初在義安堂，你們一幫自稱我叔叔伯伯的傢伙，聯手將任重遠留給我的東西搶了去。那時我好像就說過，我跟義安堂再無干係，我跟你們這些背信棄義的傢伙也再無任何關係。」

季如風靜默了片刻，淡淡問：「你可知道老堂主當初為何要將那塊玉片傳給你？而它為何又被稱為義安堂代代相傳的聖物？」

任天翔啞然，雖然他對那塊玉片有過無數種揣測，但所有揣測卻都經不起推敲。這是他心中最大一個謎團，可惜任重遠已死，無人為他破解這個謎團。今見季如風這樣問，他心中一動：「莫非……你知道？」

季如風沒有立刻回答，端起桌上茶杯輕輕啜了一口，這才款款問道：「你可知秦王焚書坑儒這典故？」

「知道！」任天翔慶幸在陽臺觀苦讀了三個月的書，對許多歷史大事已知之甚詳，

「秦王嬴政一統天下之後，因其嚴刑峻法受到儒生、方士的詬病，怒而坑殺四百多儒門弟子和方士，並下令焚毀百家典籍，這即歷史上有名的焚書坑儒。」

季如風輕輕一嘆：「這是史官的記載，但真相卻並非如此。」

任天翔心有靈犀，頓有所悟：「莫非焚書坑儒，跟義安堂代代相傳的那塊玉片有關？」

黑暗中，就見季如風微微頷首：「不錯！當年秦王正是為了尋找義字璧的下落，才不惜大動干戈，做下焚書坑儒這等遺臭萬年的暴行。其實他坑的不是儒，而是我義門先輩，儒生和方士只是掩人耳目的陪葬。他也不是要焚盡諸子百家的典籍，而是要毀滅一切可能讓義字璧復原的線索。他沒能得到完整的義字璧，所以要讓義字璧永遠殘破不全。」

任天翔聽得一頭霧水，忍不住問：「這義字璧究竟有何奇妙？值得已經一統天下、擁有四海的始皇帝為它大動干戈？義門又是什麼來頭？我怎麼從來就沒有聽說過？史書上好像也從無記載。」

季如風微微嘆道：「義門是現在的稱呼，所以前人的典籍上沒有它的記載。不過如果我告訴你它原來的稱謂，那你一定聽說過。它誕生在百家爭鳴的春秋戰國時代，由諸子之一的墨子所創，所以最初也稱墨門。不過自秦、漢以後，墨門遭到朝廷殘酷的屠戮和禁絕，倖存的墨門弟子不得不隱藏身分混跡於江湖，自稱為俠而不再稱墨，也不敢再公開敬拜祖師墨子。但是散落於江湖的墨門弟子，始終忘不了自己的真實身分，便以祖師宣導之『義』為共奉之精神，這便是義門的由來。」

任天翔聽得目瞪口呆，愣了半晌才道：「這麼說義安堂就是義門？難怪義安堂無論總舵還是分舵，議事大廳中央的照壁上，總是篆刻著一個大大的『義』字。我原以為這只是義安堂的標誌，沒想到……它竟是來自諸子百家中的墨門。每年九月十三日，義安堂弟子都要在義字照壁前上香祭拜，原來他們是在祭拜祖師墨子？」

季如風點點頭，卻又搖頭道：

「義門是墨門的延續，義安堂只是其中一支。當年墨家弟子遭到秦王的追殺，不得已將墨子傳下的義字璧裂為七塊，七名墨家弟子各持一塊逃命，以免義字璧全部落到秦王手中。為隱藏身分，他們不再稱墨而稱俠，不再拜墨子而拜義，所以自秦以後，世上再無墨門，只有義門，世上也再無墨者，只有俠客。

「漢時，義門各支興旺發達，無數遊俠行走於江湖，他們或行俠仗義，或救民於水火，做下了不少為民除害的義舉。不過其中也不乏有義門敗類，或打著義門旗號的江湖宵小，以俠義之名行恃強凌弱、爭權奪利之事，終為朝廷所忌。於是漢武帝一句『俠以武犯忌』，大肆取締和鎮壓各地遊俠，並開始在民間禁武，從此義門一蹶不振，漸漸絕跡於江湖。

「隋朝末年，楊廣無道，民不聊生，義門弟子趁機舉事，成為推翻暴政的中堅。無論是瓦崗寨還是李世民的秦王府，都有義門弟子活動的身影。但有前人教訓，義門弟子不敢自稱為墨，只以俠自居。經過上千年的風雨，義門各支之間早已失去了聯繫，義門弟子甚至不知彼此的身分，不過他們都有一個共同點，就是以義為先，以拯救天下蒼生為己任。」

任天翔恍然大悟：「這麼說來，任重遠就是義門其中一支的傳人，他交給我的義字璧殘片，就是來自千年前那七名墨家弟子之一？」

季如風點點頭：「任堂主是義門百年難遇的人才，是他率咱們十八個義門兄弟打下了義安堂這片基業。義安堂不僅幫助過聖上奪回李唐江山，也做下了不少濟世救民的義舉，所以才得到聖上的默許，成為可以公開活動的江湖幫會。」

「原來如此！」任天翔若有所思地點點頭，「難怪那塊不起眼的玉片，被稱為義安堂代代相傳的聖物。可是它除了來自墨門創始人墨子，總還有點別的什麼用吧？不然公輸白為何願花大價錢來買？」

季如風頷首道：「雖然義門各支之間早已失去了聯繫，但所有義門嫡傳弟子都記得祖先傳下的那句話——破壁重圓，義門歸一。這面義字璧，不僅是當年墨家鉅子的信物，也暗藏著墨門創始人墨子的葬身之地。世人都知道墨子乃不世出的奇才，當年他和他的弟子，創造了無數的戰爭奇蹟，可見他不僅有當時最先進的軍事技術，而且也創造了極其高明的墨家武功，不然無以解釋每一個墨家弟子，為何都是實力驚人的戰士。公輸世家的先祖公輸般，千年前曾慘敗於墨子，所以他的後人覬覦墨子的兵法也就不奇怪了。」

季如風略頓了頓，突然望向任天翔問道：

「知道了義字璧的來歷，你還認為任堂主傳你那塊玉片，是父親傳給兒子的私產？你還會為厲長老強留你那塊玉片而心懷憤懣嗎？」

見任天翔無言以對，季如風語重心長地道：

「你是老堂主唯一倖存的兒子，老堂主傳你這塊玉片，是多麼希望你繼承他的遺志，肩負起振興義安堂乃至整個義門的重任。誰知你卻將義字璧視為自己的私有財產，大違老堂主傳你義字璧的良苦用心。你若心中無義，也就不配擁有義字璧。」

任天翔默然良久，突然道：「不對！我看過諸子百家的典籍，墨門弟子最是清貧和自律，他們食則粗茶淡飯，穿則緇衣草鞋，堅持以苦修身。義安堂中好像沒一個是這樣的人。」

季如風微微頷首道：「你只知其一，不知其二。墨門分為顯、隱二宗，墨子當年似乎早已預料到後輩的遭遇，所以除了廣收以苦修身的墨門顯宗弟子，還傳下了另一支與常人看起來沒有任何區別的墨門隱宗弟子。自秦、漢之後，墨家顯宗因歷代朝廷的殘酷鎮壓而滅絕，唯有墨家隱宗秘密傳承，所以世上已很難再看到一個緇衣草鞋、以苦修身的墨家顯宗弟子。」

任天翔若有所思地問：「你深夜不告而來，還跟我說了這麼多義安堂的隱秘。莫非你已得知摩門送我義字璧殘片的事？想要我乖乖交出來？若是如此，我勸你想也別想。我對義安堂的歷史不感興趣，我只知道這塊玉片乃別人送我的賀禮，要我還給義門也不是不可以，但必須給我一個讓我無法拒絕的價錢。」

季如風淡淡問：「在你心目中，義字璧殘片值多少錢？」

任天翔想了想，笑道：「它值多少錢我不管，我只知道自己還欠著別人幾十萬貫鉅款。義安堂的家底我多少還知道一點，摩門送我這塊玉片，開價二十萬貫不算多吧？如果義安堂能爽快付錢，以後要再收到這樣的賀禮，我一定先賣給你們。」

任天翔心中暗自盤算，如果義安堂肯花二十萬貫來買一塊義字璧殘片，那麼不妨將自己擁有的另外兩塊也以同樣的價碼賣給它。

知道義字璧的秘密後，他反而興趣遽減，如果能將自己擁有三塊玉片賣個六十萬貫，那麼欠韓國夫人和司馬瑜的巨額債務就可全部還清了。

誰知季如風聞言冷笑道：「你以為我深夜來此，是為了你手中的玉片？」

「難道不是？」任天翔笑問。

就聽季如風微微嘆息道：「枉你聰明絕頂，難道就沒想過，摩門為何要送你這塊玉片？」

任天翔啞然，他不是沒想過這個問題，但卻始終不得其解。按說，自己跟摩門根本沒有任何交情，就算它有心與自己結交，也無須送這樣一件價值連城的玉片為賀禮。尤其摩門行事讓人莫測高深，所以任天翔心中始終不踏實，現在被季如風這樣一問，他只得虛心討教：「我也一直很疑惑，莫非季叔知道他們的企圖？」

季如風淡淡道：「義字璧只有七塊聚齊才能體現它的價值，就算差一塊也形同廢物。如果你是摩門中人，要想找齊七塊義字璧碎片，最好的辦法是什麼？」

任天翔頓時醒悟：「將自己擁有的玉片，送給最有希望找齊它的人。等他全部找齊後，再給他來個連鍋端！」

季如風頷首道：「你還不算太笨。你手中還有幾塊玉片？還差多少才能全部找齊？」

任天翔連忙道：「除了摩門送我這塊，再沒有了。」

季如風聞言冷笑道：「你還是信不過你季叔？你手中要沒有更多的玉片，摩門何必將一塊塗滿千里香的玉片送給你？你以為他們真這麼慷慨？他們是想從這塊塗滿千里香的玉片上，追蹤到別的碎片的下落。」

任天翔嚇了一跳：「他們怎麼知道我手中還有義字璧碎片？」

季如風冷笑道：「這世上沒有不透風的牆，你的手下重金請妙手空空偷公輸白的事，已經讓那傢伙洩露出來，這事連我都已經知道，難道還能瞞過摩門？別看摩門才入中原，他們的精英卻早已在中原潛伏多年。據我所知，摩門總壇在波斯，首腦稱為教尊，下設東南西北四大教長。大教長之下又設左右護法、五明使和七長老。這次率眾來中原傳教的，便是摩門東方教長拂多誕，他身邊除了五明使在江湖上露過面，另有左右護法和七大長老誰也沒有見過。我敢肯定他們早已潛入中原多年，所以摩門才對中原形勢瞭若指掌，輕易就獲得了朝廷的認可，並將首座大雲光明寺，堂堂正正地建在了長安。」

任天翔撓撓頭，不以為然道：「摩門中人雖然行事隱秘詭異，令人莫測高深，但也沒做什麼惡事啊，不然也不能獲朝廷認可了。想不通季叔為何對摩門忌諱莫深？」

季如風憂心忡忡地嘆道：「摩門行事不可以常理測度，正因為此才令人擔憂。五明使僅為求見白馬寺住持無妄大師，就不惜以自己性命相逼，他們若要作惡，該有多麼恐怖？」

任天翔沒想到五明使白馬寺破腹逼出無妄的事，季如風也知道，可見義安堂在江湖上消息還真是靈通。他想了想，笑道：

「多謝季叔提醒，我不將摩門送我的那塊義字璧碎片與別的碎片放在一起便是，這樣摩門就算循香追蹤，也僅能找回他們送我那塊。其實我對義字璧已經沒多大興趣，還是那句話，誰肯出高價來買，我就賣給誰好了。看在義安堂與我多少有些淵源的份上，我可以優先賣給你們。」

季如風淡淡問：「你手上還有幾塊義字璧碎片？」

任天翔猶豫了一下，最終還是決定實話實說：

「除了摩門剛送我這塊，我手上還有兩塊。一塊是吐蕃贊普送我的，它原是金城公主多年前帶入吐蕃的嫁妝；另一塊是從公輸白手裏偷來的，這塊原是宮裏的東西，被人給偷了出來，我再偷回來也不算過分吧？任重遠送我那塊，算我還給了義安堂，加上蕭傲不知從哪裡弄來的那塊，義字璧已經有五塊面世了。」

「不是五塊面世，是七塊！」季如風神情複雜地嘆道，「另外兩塊，義安堂幾個長老都知道其下落，雖然要拿回還有點麻煩，但比起你手中那些下落不明的碎片，已經容易多了。」

任天翔聞言喜道：「這麼說來，你們更應該趕緊花大錢將我手中這三塊買去，加上你們手中已有的兩塊，再找回已經知道下落的另外兩塊，七塊殘片全部湊齊，就可實現義門先輩夢寐以求的『破壁重圓，義門歸一』的夢想。這麼說來，我這三塊僅賣你們六十萬貫，還真是賣便宜了，你要再不下決心，當心我臨時變卦，賣給別人。」

季如風神情複雜地望著任天翔，幽幽問：「少堂主，難道你心裏就只有錢嗎？」

「哎！」任天翔趕緊道，「我早已經不是什麼少堂主，而且也不再是義安堂的人。我知道你們敬拜的『義』，就是免費、白幹、不求回報的意思。可惜我不是義安堂的人，也不信你們所拜之義，我在江湖上窮過、餓過，讓人輕視過，所以深知錢的重要，要想我將手中的義字璧碎片交給你，除了拿錢來買，親娘老子說情都沒用。我知道義安堂的家底，雖然六十萬貫有點多，但以義安堂的實力，砸砸鍋賣賣鐵還是拿得出來。」

季如風定定地望著任天翔，久久沒有開口，讓任天翔心中有些發毛，正要說點輕鬆的話題緩和下氣氛，卻見季如風突然垂淚道：

「真不知任堂主怎麼會有你這麼個兒子，我都不知道當初答應任堂主輔佐你成為義安堂新一任堂主的諾言，是不是夠明智。你以為我深夜來訪，是為了謀奪你手中的義字璧碎片？恰恰相反，我是要幫你找齊全部七塊，助你成為義安堂乃至整個義門的新一代鉅子。而且是免費，不要你花一個銅板。」

任天翔嚇了一跳，連忙擺手道：

「千萬別，我才不想做什麼鉅子。你也看到了，我這個人做事唯利是圖，沒有好處的事堅決不幹，根本不是個俠客義士。我當初答應你做義安堂的堂主，原本只是看上了做堂主的威風，不過，現在我已經是御前侍衛副總管，聖上御口親封的國舅，再做個江湖幫會的堂主反而有失身分。況且，義安堂已經有堂主了，你要再想新立堂主就是謀反，弄不好要掉腦袋，我可不想陪你冒險。我看不如這樣，你回去跟蕭堂主和厲長老他們商量一下，看看如何湊齊六十萬貫錢，將我手中這三塊義字璧碎片贖回去。別耍花樣啊，現在我可是皇上身邊的紅人，你們要敢不告而取或者強搶強奪，我定讓你們吃不了兜著走！」

季如風定定地望著任天翔愣了半晌，突然身形一晃，一頭撞向一旁的窗櫺，從撞碎的窗櫺中一穿而出，身影轉眼消失在夜幕深處。

聽到響動的褚剛和崑崙奴兄弟急忙衝了進來，褚剛望著碎裂的窗櫺驚呼：「有刺客！

快追！」

「別追了！」任天翔望著碎裂的窗櫺暗自咂舌，他還第一次看到一向冷靜從容的季如風如此失態，由此可見他心中的失望和憤怒。不過任天翔並不後悔，他故意將季如風氣走，就是想絕了對方的念頭，就算季如風所說全部是真的，任天翔也不想陪著他冒險。雖然任天翔對義字璧中隱藏的秘密，尤其是可能藏有墨家典籍的墨子墓也充滿了興趣，但也還沒有到拿性命去冒險的程度。

「這是怎麼回事？」褚剛對任天翔的反應十分奇怪。

「沒事沒事！」任天翔笑道，「一個老朋友深夜來訪，讓我給氣走了，我想他是不會再來了。」

將褚剛和崑崙奴兄弟打發走，任天翔掏出先前摩門送自己的那塊碎片，仔細用茶水洗了數遍，估計上面的千里香洗得差不多了，然後才四處找地方想藏起來。

但找來找去，卻始終找不到一個妥善之處，這時在外間睡覺的小薇也被驚醒，睡眼朦朧地進來問：「出了什麼事？方才為啥那樣吵？」

任天翔靈機一動，忙拉過她道：「來得正好，這東西你替我收起來。」

小薇迷迷糊糊地接過錦帕包著的玉片，疑惑地問：「這是什麼？」

「你別問了，總之你幫我找個地方藏起來。」任天翔叮囑道，「別告訴我你藏在哪裡，也別告訴任何人。以後除非我當面向你要，你絕不能再拿出來。這是我們兩人之間的秘密，你能不能保守這秘密？」

小薇連忙點頭：「好！這是我們倆之間的秘密，我誰也不告訴！」

任天翔笑道：「那好，你去藏吧，要讓任何人都找不到。」

小薇興沖沖離去後，任天翔這才放下心來。

他根本不想集齊七塊義字璧碎片，所以要將三塊碎片分開藏起來，卻又怕自己萬一被人逼供，這才想出將其中一塊交給小薇來藏。他打定主意要將這三塊玉片賣個好價錢，所以一定要仔細收藏，不能像公輸白那樣輕易就讓人給盜了去。

做完這一切，窗外天光已經濛濛亮。想起昨日的酒宴，任天翔忙叫來褚剛，問道：「昨日酒宴是怎麼回事？」

褚剛答道：「昨日酒宴不知公子為何早早就喝醉，我只好讓小薇將你扶回睡房。大家見你這主人都醉了，興致便少了大半，就早早散了。」

任天翔遲疑道：「昨日那個跳舞的舞姬……你有沒有覺得她的舞姿很像雲依人？」

褚剛不好意思地撓撓頭：「我對舞蹈一竅不通，看著都像是差不多。也許她們都曾跟公孫大娘學過舞蹈，所以舞姿有幾分相似也不奇怪。」

任天翔默然片刻，小聲道：「你去查查她的來歷，越詳細越好。」

「沒問題，我親自去查。」褚剛遲疑了一下，「昨天小澤從洛陽趕來了，可惜公子已經喝醉，沒有看到他。」

「小澤來了？」任天翔大喜，「許久不見，這孩子長高了不少吧？他來做什麼？」

「有個不好的消息，」褚剛遲疑道，「是生意上的事。北方邢窯燒製出了與陶玉不相上下的瓷器，而且其上色技術比陶玉更勝一籌，其色彩之絢麗，令人嘆為觀止，因其主要使用黃白綠三色為基本釉色，因此也被人稱作三彩瓷。」

任天翔忙問：「陶莊的生意受到了影響？」

褚剛點點頭：「三彩瓷比陶玉色彩更絢爛，定價也比咱們為低，因此受到了許多人的追捧。現在，咱們陶莊的生意一落千丈，再不想法改變，只怕就要陷入虧損的境地。」

「這麼嚴重？」任天翔十分意外，「陶玉怎麼說？」

褚剛搖頭道：「他正在琢磨三彩瓷上色的訣竅，但短時間內恐怕不會有什麼結果。所以小澤才趕來洛陽，要公子想想辦法。」

見褚剛欲言又止，任天翔忙問：「你有什麼主意？」

褚剛遲疑道：「依我之見，咱們乾脆將陶莊賣了。咱們已經從這上面賺了不少錢，及時收手可保住勝利果實。世上賺錢的門道多的是，咱們不必在一棵樹上吊死。」

任天翔負手在房中踱了幾個來回，最後搖頭道：「陶玉曾幫咱們賺到了第一筆錢，咱們不能丟下他不管。雖然在他發明比三彩瓷更好的瓷器前，陶玉的市場肯定會有所萎縮，但咱們依然有機會保住最後的市場，甚至實現利的增長。」

褚剛奇道：「咱們要怎麼做？」

任天翔信手拿起桌上那本翻開的《呂氏商經》，笑道：

「呂公最擅長的一招叫奇貨可居，也許咱們可以學一學。你讓小澤回去告訴陶玉，封掉九成陶窯，只留最好的幾座，將陶玉的產量壓縮到目前的十分之一，然後將它的售價提高十倍。」

「售價提高十倍？」褚剛十分驚訝，「陶玉的價格已經很高了，售價提高十倍還會有人買嗎？現在邢窯、越窯的瓷器品質與景德陶玉已經不相上下，而且價錢還比陶玉便宜，我實在想不出陶玉有任何漲價的理由。」

任天翔自信地笑道：「你讓陶玉照我吩咐去做，我相信呂公的智慧和經驗，即使到今天依然有效。」

褚剛將信將疑地離去後，任天翔草草洗漱了下，感覺宿醉已過，這才躊躇滿志地開始巡視自己的新家。

但見這座三重門的宅院雖算不上多麼奢華，卻是鬧中取靜，雅致清幽。粗粗估價恐怕要值萬貫之數。任天翔回想自己在龜茲之時，為一座僅值幾十貫錢的大唐客棧費盡心血，就不禁有種恍若隔世之感。他再次意識到權勢地位的重要，只要有幸身居高位，隨便一筆賄賂就足夠普通人奮鬥一輩子了。

門外突然傳來一陣爭吵和喧囂，跟著就乒乒乓乓地打了起來。任天翔心中暗忖，剛搬進新家第一天就有人打上門來，是誰吃了雄心豹子膽？

匆匆來到門外，就見一個衣衫襤褸、體壯如牛的少年不顧一切往裏闖。兩個門房手執棍棒正把他往外驅趕，不過二人的棍棒招呼在少年的身上，就如跟他撓癢一般。任天翔一見之下，急忙呵道：「快住手！」

兩個看門的家丁依言收手，正要解釋，卻見那少年已撲通一聲跪倒在任天翔面前，垂淚道：「任大哥，快救救突力將軍吧！」

任天翔急忙將他扶起，驚問：「怎麼回事？你怎麼會找到這裏？」

原來這少年不是別人，正是陪同突力來長安的左車。

自從任天翔與他在長安郊外分手後，就再沒聽到他與突力的消息，沒想到今日卻突然找上門來。任天翔連忙將他讓到內堂，仔細一問，才知他陪同突力進京告御狀，因有哥舒翰的保舉，剛開始還受到鴻臚寺卿的接待，但沒多久，恒羅斯之戰的消息傳到了京中，高仙芝雖百般隱瞞戰敗的消息，但世上沒有不透風的牆，朝中依然知道了大食軍隊在恒羅斯擊敗安西軍的消息，石國作為大食的盟友，自然成為大唐敵國，突力作為石國將領，自然被當做奸細下獄。

左車也受牽連下獄，只因為他是哥舒翰的親兵，所以關了幾個月後總算給放了出來，不過突力卻被刑部判了死刑，不日就要斬首。左車出獄後，打聽到任天翔做了御前侍衛副總管，所以急忙趕來求救。

得知事情原委，任天翔忙讓褚剛款待左車，自己則帶人直奔刑部，找到在刑部供職的高名揚，向他打聽突力的情況。

誰知高名揚得知他來意後，為難地連連搖頭：

「老七，若是別人，大哥還可以想法給你撈出來。這突力是什麼人？他乃石國高級將領，而且協助石國太子逃回故國，這次石國協助大食大敗安西軍，消息已經傳到京中，令聖上震怒。連高仙芝都已被撤職，誰敢去觸這個霉頭替敵國將領求情？我勸你別惹禍上身，弄不好會把自己給搭進去。」

任天翔嚇了一跳：「這麼嚴重？難道一點希望都沒有？」

「半點希望都沒有！」高名揚拍拍任天翔的肩頭，語重心長地道，「恒羅斯一戰，安西軍死了多少人？不殺突力，怎能告慰陣亡將士在天之靈？有謠言說，恒羅斯之敗好像還與你有關，老七，你好好想想如何應付自己的麻煩吧，千萬別再惹火燒身。」

任天翔心中一陣發虛，趕緊告辭出來。

失魂落魄地回到新的任府，就見褚剛與左車都焦急地迎上來，齊聲問：「怎樣？」

任天翔不忍讓二人失望，故作輕鬆道：「我已托了刑部的朋友去活動，很快就會有消息。左兄弟別擔心，突力將軍也是我的朋友，我定會盡最大努力將他救出來。」

令人將左車領去客房休息後，任天翔頓時愁容滿面，褚剛察顏觀色，立刻猜到七八分，忙小聲勸道：「突力跟咱們雖然交情不淺，可畢竟是敵國將領，要救他出來只怕不易。兄弟在朝中根基尚淺，而且跟薩克太子的交情更是見不得光，萬一要讓人查出，當初正是咱們幫薩克太子逃脫，只怕要被當成奸細問斬。」

任天翔神情怔忡地問：「難道咱們就袖手不管？任由一個朋友被朝廷冤殺？」

褚剛黯然嘆道：「恐怕也只能如此。我想突力將軍和薩克太子知道你目前的處境，應該也會理解你的決定。」

任天翔木然半晌，突然道：「走！陪我去刑部大牢探望突力。」

褚剛忙勸道：「還是由我代兄弟去探視吧，兄弟現在身分不同，一舉一動都要顧及別人的目光，現在這個時候，兄弟最好還是要避嫌。」

任天翔聞言怒道：「咱們跟突力同路回中原，這事也瞞不過別人，去探望一下他有何不可？如果這都要受牽連，那我只好認了，這個官，本公子不做也罷！」

褚剛還想再勸，但見任天翔神情堅毅，只得搖頭作罷，招呼崑崙奴準備車馬，陪他到刑部大牢探望突力。

由於有高名揚這層關係，任天翔總算在刑部死牢中見到了突力，但見當初那個彪悍如狼的猛將，早已被牢獄之災折磨得形銷骨立，奄奄待斃。任天翔見狀不由哽咽道：

「突力將軍，你……受苦了！」

突力不以為意道：「任兄弟不用難過，這點苦對我來說還不算什麼。我只是想不通，堂堂大唐帝國，竟容不下一個對它滿含希望的臣民。我原本還希望朝廷能為小小的石國主持公道，原來這世上根本就沒有什麼公道，有的只是弱肉強食，攻戰殺伐。我死得不冤，我死得不冤啊！哈哈……」

突力憤懣的笑聲在大牢中迴蕩，令任天翔異常尷尬，雖然突力的遭遇與他並沒有多大干係，但作為唐人，他也不禁為朝廷的判決感到羞愧。突力的冤屈令他感同身受，讓他心中油然生出一種從未有過的衝動，那是一種維護公平和公正的良心與責任。

他隔著柵欄對突力毅然道：「我不會讓你含冤受死！我以我的名字發誓！」

出得刑部大牢的大門，任天翔目光堅定地望向天邊，毅然自語：「我要救突力。」

「你瘋了？」褚剛變色道，「你知道現在外面有多少人想看著突力被凌遲處決？恒羅斯一戰的消息已經傳遍長安，有多少陣亡將士的家眷和親友，正等著殺掉突力為親人報仇。誰要想救突力，必被當成通敵叛國之敵，遭萬眾唾棄和仇視。」

「我知道！」任天翔望向褚剛，眼中閃爍著一種堅毅的微光，「但是我們更清楚，突力是為了自衛才與安西軍作戰，即便遭遇滅國之災，他依然對大唐朝廷飽含希望，才不惜千里迢迢來長安告御狀。恒羅斯一戰根本就跟他沒有任何關係，他沒有主動攻擊過大唐軍隊，至少在入獄之前，他都認為自己是大唐臣民。無論於情於理他都不該死，更不該被當成敵國奸細被處決。」

褚剛點頭道：「不錯，我們都知道這些，但朝廷不知道，百姓不知道，就算知道也沒人在乎。現在無論朝廷還是百姓，只需要他這個敵國將領的性命來洩憤，誰在乎他有什麼冤屈或不平？」

「但是我在乎！」任天翔肅然道，「不是因為薩克太子跟我是結義兄弟，也不是因為我與突力的交情。而是因為我也曾被人當成奸細，差點被人斬首祭旗，所以我能體會到突力此時的悲慟和憤懣。他的遭遇讓我感同身受，我救他就像是在救我自己。」

褚剛以不可理喻的目光怔怔地望著任天翔愣了半晌，最後無奈問道：「你打算怎麼救？」

「不知道。」任天翔沉聲道，「但我相信天無絕人之路，人有無窮之智，只要咱們集思廣益開動腦筋，總能找到辦法。」

交易

第六章

任天翔正色道：

「這事跟天琪沒有任何關係，你們不能讓她參與此事。你們要違反了這條，我立馬退出，而且會將手中的玉片全部砸碎，讓你們永遠後悔！」

「一言為定！」二人舉掌相擊，終於達成了這一秘密交易。

行走在通往勤政殿的長長走廊上，任天翔心中從未有過的忐忑。他在心中將為突力辯護的說辭又演練了一遍，自信自己這套情真意切的說辭定能打動聖上，心中才稍稍平靜了一點。

因任天翔肩負著特殊的使命，可以隨時來見皇上，所以他在內侍的引領下，順利地來到聖上的面前。

就見殿中除了聖上和高力士，還有御前侍衛總管嚴祿和一個不認識的中年宦官，內侍示意任天翔在階下等候，然後上前向聖上稟報。就見聖上點點頭，讓任天翔稍等，然後示意嚴祿繼續。

嚴祿忙躬身道：「卑職已派人去神威軍調查，據密探回報，哥舒翰雖然收留過突力，但跟石國和突騎施並無往來。他只是因為與突力同為突騎施人，所以才對他另眼相看。」

李隆基點點頭，將一本奏摺狠狠地扔到一旁：

「朕看這哥舒老兒是老糊塗了，不僅派人護送石國將領進京告御狀，竟然還上本為那石國叛將求情。朕沒有應允，他竟然要稱病告老，以此來要脅朕。難道他不知道數萬安西軍將士，以及全天下的百姓，正等著用那石國叛將的腦袋，來祭奠陣亡的將士嗎？朕豈能冒天下之大不韙，赦那石國叛將無罪？」

高力士笑道：「哥舒將軍確實是有些老邁了，聖上或許該讓他回京來享幾年清福。而且他坐鎮隴右多年，在神威軍中威望如日中天，許多神威軍將士只知有哥舒翰，而不知有皇上啊！」

李隆基捋鬚沉吟道：「哥舒翰勞苦功高，若無罪去職，恐怕會讓天下人寒心。」

高力士身邊的宦官忙道：「皇上可以給哥舒翰加官進爵，不過卻不能讓他繼續留在隴右。這次他上表為石國叛將求情，聖上沒有答應他的請求，萬一他因此懷恨在心，只怕遺患非淺。依奴才之見，不如將他調離隴右，至於神威軍那邊，奴才願為聖上監軍。」

李隆基猶豫起來，望向一旁的高力士。高力士忙上前一步道：「楊相國以前也上本提到過，不可讓異族將領長年專軍，將朝廷的軍隊變成了自己個人的軍隊，聖上明鑒啊。」

李隆基不再猶豫，沉聲道：「擬旨，晉封哥舒翰為西平郡王，拜太子太保兼御史大夫，准其回京養病。封邊令誠為隴右監軍，暫行節度使之責。」

那宦官大喜，忙躬身拜倒：「謝聖上隆恩，奴才願肝腦塗地，以報聖上信任。」

李隆基擺擺手，轉頭對高力士吩咐：「傳旨下去，再有人敢為那石國叛將求情，一律革職查辦。」

「遵旨！」高力士連忙拜倒。待嚴祿與那宦官邊令誠領旨退下後，李隆基這才轉向任天翔，淡淡問：「國舅突然來見朕，莫非有事稟報？」

任天翔咽了口唾沫，將醞釀已久的那套說辭生生咽了下去。功勳卓著的哥舒翰，只因為突力上表求情，就已經被皇上明升暗降予以奪職，自己要敢再觸這個霉頭，只怕不會有哥舒翰那麼好的命。他倒不是怕自己的烏紗帽不保，但明知不可為卻勉力而為，這不是他的性格。

見皇上動問，任天翔眼珠骨碌一轉，嘻嘻笑道：「微臣是好久不見神仙姐姐和神仙姐夫，心中著實掛念，所以特來給皇帝姐夫請安。」

李隆基莞爾笑道：「你來得正好，朕近日新編了一支曲子，讓教坊演練了多日。今日你陪朕去看看，為朕提提意見。」

「那微臣可有耳福了！」任天翔欣然道，「聖上譜寫的曲子天下馳名，微臣有幸得聞，那可真是比加官進爵還要開心。」

李隆基聞言笑罵道：「你這小子，嘴裏就沒幾句實話。不過，你這謊話朕愛聽，不像那些老邁昏庸的大臣，就算爭著拍朕的馬屁，也想不出幾句新詞。」

任天翔不好意思地撓撓頭：「皇上英明神武，微臣那點心思讓你全看得明明白白。其實微臣對音律幾乎一竅不通，聖上譜寫的曲子，微臣只怕也聽不出什麼好歹。」

李隆基呵呵笑道：

「音律乃是發自內心的情感，不存在懂與不懂。只要你心中有情，自會引起共鳴。朕正需要你這種不懂音律的人評判，才更真實有效。走！起駕去教坊！」

任天翔無奈，只得陪同皇上來到西苑的教坊。

其時乃大唐盛世，長安城內教坊弟子不下萬人，雖然絕大多數教坊弟子都在外教坊，但真正的精英卻都在西苑的內教坊，只有皇帝身邊的寵臣和心腹，才有幸欣賞到她們的技藝，尋常百姓就算再有錢，也未必有機會見到她們一面。

皇上聖駕親臨，眾教坊弟子立刻打點起精神，在李龜年的指揮下將皇上新作的曲子演練起來。有舞姬隨著曲子翩翩起舞，但見舞姿蹁躚、樂聲靡靡，令人心曠神怡。

任天翔心中記掛著營救突力，哪有心欣賞歌舞。少時樂曲聲停，突聽李隆基問道：

「任愛卿，你覺得朕這首新曲如何？」

任天翔原本就心不在焉，聞言頓時啞然。

他方才因心中有事，根本沒有認真去聽，哪知好歹？他本想胡亂吹捧兩句糊弄過去，但轉而又一想，尋常讚美之詞，聖上只怕早已聽膩，自己要不能另出機杼，只怕會被聖上當成尋常那些碌碌庸臣。可他方才又沒有認真去聽曲子，要想別出心裁讚美兩句，又怕這馬屁拍在馬蹄上，想到這，他靈機一動，故作深沉道：

「聖上，這曲子好是好，就只是有一點不足。」

李隆基譜寫過無數曲子，雖然每次他都要別人指出其中不足之處，但還從來沒有任何一個人公然指出過他樂曲中的不足，就是高明如李龜年，也多是委婉提點。他感到有些意外，忙問：「任愛卿覺得哪裡不足？」

任天翔深吸了口氣，正色道：「聖上這一曲充滿了堂堂皇家氣象，不愧是我大唐盛世巔峰曲作。但聖上乃聖明天子，怎可一味譜寫安寧祥和、富麗堂皇的樂曲？聖上不能在樂曲中反映民間疾苦，這曲子寫得再好，只怕也有些微缺憾啊。」

任天翔心知聖上常年蝸居深宮，很難接觸到下層百姓，肯定不知什麼民間疾苦。所以他兵行險著，故意指責聖上樂曲中沒有體現民間疾苦，果然令李隆基愣在當場。

就見他不解道：「這首樂曲名為凌波舞，原是朕夢見龍女向朕求曲，醒來後即興而作，表現的是龍女在波濤中翩翩起舞的風姿，跟民間疾苦有什麼關係？」

任天翔心中暗叫糟糕，沒想到自己胡亂評點，居然差出了十萬八千里。不過，他也是心有急智的奇才，面不改色地繼續胡謅道：

「我就說嘛，聽來聽去都是仙家曼妙之音，沒有一絲凡塵庸俗之氣。這樣的樂曲若是旁人譜寫，自然是天下無雙的絕品，但聖上是心懷天下的聖明之君，樂曲中怎可沒有百姓的聲音？所以孟子要對齊王說『獨樂樂，不若與眾樂樂』，也正是這個道理。」

李隆基呆呆地愣了半晌，終於緩緩點頭贊同：「好像有點道理。朕譜曲無數，還第一次有人大膽指出朕樂曲中的不足，愛卿真知音也！」

任天翔心中暗自舒了口氣，語風一轉道：「其實陛下這曲凌波舞，對常人來說已經是天籟之音，正所謂此曲只應天上有，人間難得幾回聞？」

李隆基呵呵笑道：「由李龜年親自彈奏的樂曲，確實將朕這首凌波舞表現的盡善盡美，只可惜演龍女的舞姬舞姿僵硬，實在是這首凌波舞的一大敗筆。朕思來想去，也許唯有長樂坊的謝阿蠻，才能演好這個龍女。」

李隆基話剛出口，立刻意識到自己失言，臉上閃過一絲尷尬。任天翔心中也是「咯登」一跳，不知該裝著沒聽見，還是該有所表示，就在這時，突聽門外內侍高呼：「貴妃娘娘駕到！」

任天翔連忙起身迎駕，就見楊玉環在侍兒和幾名宮女陪同下款步而來，對李隆基含嬌帶嗔地抱怨：「聖上譜了新曲，怎麼也不叫上奴家一同欣賞？」

李隆基呵呵笑道：「新曲初成，還有頗多生澀，本想仔細雕琢後再請愛妃共賞，沒想卻走漏了消息。既然如此，就請愛妃為朕指點一二。」

樂師在李龜年指揮下，將凌波舞又演練了一遍。

席間楊玉環趁聖上離席更衣的空隙，對任天翔低聲道：「奴家託你的事，好像任大人已忘得一乾二淨？」

任天翔忙道：「娘娘的囑託，卑職一直謹記在心，哪敢有片刻遺忘？」

楊玉環看看周圍內侍，不好明說，便嫣然笑道：「聽任大人這麼說，奴家就放心了。」

雖然楊玉環言語輕鬆，但任天翔已經聽出她心中的不滿，他不禁在心中暗忖，一個是皇帝，一個是貴妃，哪個本公子都得罪不起。拖得一時卻拖不了一世，這事若不儘快解決，頭上的烏紗帽是小，項上人頭才是大。

想到這，他將心一橫，拱手拜道：「卑職方才欣賞了聖上這曲凌波舞，感覺樂曲和演奏都是舉世無雙，唯有演龍女的舞姬舞技稍弱。微臣向娘娘推薦一人，興許能讓這曲凌波舞錦上添花。」

「誰？」楊玉環忙問。

「長樂坊舞姬謝阿蠻！」任天翔坦然答道。

「什麼？」楊玉環柳眉一豎，「你竟要舉薦她進宮？」

這時李隆基正好更衣回來，僅聽到楊玉環最後一句話，不由笑問：「任愛卿要舉薦誰進宮？」

任天翔一本正經地道：「微臣方才欣賞了陛下這曲凌波舞，突然想到有一人，或許正是這龍女的最佳人選，所以大膽向娘娘舉薦。」

李隆基頓時來了興趣：「誰？」

任天翔坦然答道：「長樂坊舞姬謝阿蠻！」

李隆基臉上微微變色，不禁偷眼打量一旁的楊玉環，只見她冷著臉一言不發。他有些尷尬地清了清嗓子，故作鎮定地道：「謝阿蠻？沒聽說過，她能勝過朕內教坊的舞姬？」

任天翔嘻嘻一笑：「這個我可不敢保證，不過，她現在聲名遠播，大有超越聖上內教坊所有舞姬之勢。所以微臣大膽向娘娘建言，何不讓她試演這龍女，便由聖上和娘娘作為評判，若演得好便召入內教坊，若演得不好便削去樂籍，永遠趕出長安！」

聽到這裏，楊玉環漸漸明白了任天翔的用心。暗忖那舞姬演得好與不好，全在自己一句話，屆時便可以此為藉口，將那舞姬削去樂籍，永遠趕出長安。

想到這，她的臉色漸漸柔和下來，見聖上正滿是殷切地望著自己，她不由嫣然一笑：「既然長樂坊有如此人才，便讓她進宮試試吧。」

李隆基聞言大喜，忙對高力士吩咐：「傳旨，宣長樂坊謝阿蠻進宮。」

高力士正要領旨而去，卻聽楊玉環款款道：「慢著，依奴家之見，不如將陛下這曲凌波舞的曲譜，交給謝阿蠻演練三天，三天後再讓她進宮表演不遲。」

李隆基猶豫了一下，最終還是向高力士吩咐道：「就照娘娘的建議去辦吧。」

任天翔將難題踢還給皇上和貴妃娘娘，心中暗自舒了口氣，暗忖：是要將那謝阿蠻招進內教坊，還是將她削去樂籍趕出長安，就看這對神仙眷屬如何博弈，跟本公子再無干係。

要是能借貴妃娘娘之口將謝阿蠻趕出長安，聖上也不能怪到我的頭上；要是最終將謝阿蠻招進了內教坊，貴妃娘娘也不能怪我，更不可能再讓我除掉一個宮裏的紅人。

心中記掛著突力的事，任天翔無心再欣賞歌舞，找了個藉口告辭出宮，急匆匆直奔刑部。

在刑部衙門找到高名揚，他開門見山道：「我知道你們做捕快的，有種種辦法將人從吧。」

牢裏救出來，甚至是死刑重犯，也可以花高價贖命。我要贖那個石國叛將的命，你開個價

高名揚搖頭苦笑道：「別人可以，但這個人不行。」

「六十萬！」任天翔緊盯著高名揚的眼睛，「我願意為這個人花六十萬貫！」

高名揚眼中閃過一絲驚訝和震撼，但最終還是無奈嘆道：「六十萬足夠買幾十個死刑重犯的命，可惜買不到我自己的命。我要敢答應你，就是拿自己身家性命去冒險，你是我會不會答應？別說是我，就是刑部尚書也不敢答應。」

「你要多少錢才肯答應？」任天翔問。

「不是錢的問題。」高名揚將任天翔送出刑部衙門，語重心長地道，「兄弟你死心吧，沒有人能救得了他，甚至就連當今聖上也不敢冒天下之大不韙赦其死罪。不然沒法向安西軍陣亡將士的家眷，以及天下百姓交代。」

任天翔張張嘴想要說什麼，但最終還是什麼也沒說。

高名揚見狀轉過話題道：「哦對了，上次兄弟托我辦的事，有點眉目了。我手下的捕快找到了當年宜春院那個丫鬟小紅，經過審訊，證實當年說是你將老六推下樓，完全是為了撇清宜春院的干係。實際上，是那晚有夜行人襲擊了小紅，令她昏睡不醒，根本不知道

後來發生了什麼事。照常理推斷，老六多半是死在他手裏，你是莫名其妙背了個黑鍋。」

高名揚頓了頓，「聯想到後來義安堂之爭，我估計這個人多半來自義安堂，兄弟你得當心啊。」

高名揚的話證實了趙姨後來告訴自己的事實，這讓任天翔徹底丟開了對韓國夫人的愧疚。他釋然一笑：「多謝大哥，讓我了了一樁心事。就不知能否查出那晚那個夜行人是誰？」

高名揚搖搖頭：「除了小紅的供詞，我們幾乎沒有任何線索，而且時間又過去了這麼久，要想查出那人恐怕希望不大。不過，你所說那個如意夫人，我們倒是發現了點線索，我們查到了她當初租住的房子，那房東對她還有點印象。我們還在繼續追查，有消息我會立刻通知你。」

任天翔連忙拱手一拜：「多謝大哥！那就拜託大哥了！」

高名揚笑道：「自家兄弟，何必這麼客氣？能幫上忙大哥必定竭盡全力，但突力這事干係實在太大，大哥實在是無能為力，望兄弟理解。」

任天翔忙道：「大哥千萬別這麼說，你已經幫了我不少，這事我另想辦法，你千萬別放在心上。」

離開刑部衙門，任天翔懶懶登上停在街邊的馬車，馬車開始沿著長街徐徐而行，他則垂頭喪氣半躺半坐在車中，雙唇緊抿一言不發。

褚剛察言觀色已知究竟，不由小聲開導道：「這世上總有些事是不以人的意志為轉移，這就是俗話所說的命中注定。兄弟你已盡力，無論對薩克太子還是對突力將軍，已可問心無愧。」

任天翔點點頭，喃喃自語道：「不錯，所有我能想到的路子都已經被堵死，不過這世上有的是比我更高明的人，也許我們可以找他們幫忙。」

「你是說司馬公子？」褚剛忙問。

任天翔搖搖頭：「也許司馬公子是最聰明的人，但卻不是最合適的人。」

褚剛疑惑道：「除了司馬公子，還有誰更合適？」

任天翔意味深長地笑了笑，從齒縫間輕輕吐出一個名字：「季如風！」

季如風乃義安堂碩果僅存的幾位長老之一，在長安也算是有名有姓的人物，他的住處很好找。當任天翔找到這裏時，對方顯然還沒有從先前的失望和憤懣中走出來，突然見到任天翔來訪，他沒好氣地問：「任大人早已跟義安堂和季某沒任何干係，為何突然又尋上門來？」

任天翔不以為意地笑道：「先前聽季叔說起義門往事，小侄心存疑惑，所以特上門請教。」

季如風皺眉問：「你有什麼疑惑？」

任天翔故作糊塗問：「義門拜義，不知行事是否也以義字為先？」

季如風沉聲道：「那是自然。」

任天翔正色道：「現在有這麼一個人，因受世人誤會而遭不公正的處罰，義門是否能施以援手？」

季如風皺眉問：「這人是誰？」

「這人是誰有什麼關係嗎？」任天翔笑問，「義門創始祖師墨翟，不一向是以幫扶弱小，維護公正為己任？不知與墨家一脈相承的義安堂，是否也是以俠義精神為最高宗旨？」

季如風遲疑了一下，心知任天翔是在用話來套自己，他沒有直接回答，卻反問：「那你總得先告訴我這個人是誰，為何被世人誤會而遭不公正對待，而且我還得考慮，義安堂有沒有能力幫他。」

任天翔只得實言相告：「他叫突力，是突騎施人，原石國皇室的侍衛首領。現在被當成石國奸細下獄，即將被刑部處斬。」

季如風臉色微變，瞪目道：「我聽說過那個石國將領，現在全長安的人都在等著用他的腦袋祭奠我陣亡將士，你憑什麼說他是受了冤屈而遭不公正對待？」

「因為我與他同路來長安，對他的所有行動皆一清二楚。而且我還知道石國是因何背叛大唐，聯手大食軍隊進犯安西。」

任天翔將高仙芝奇襲石國和突騎施，突力千里救主，然後上京告御狀的整個過程揀重要的地方說了一遍，最後道，「雖然石國已經叛唐，但事出有因，而且突力並沒有做過任何損害大唐利益之事，自始至終他都將我大唐當成他的宗主國，雖無緣無故遭遇滅國之災，卻依然希望朝廷為石國主持公道。難道咱們不惜用這樣一個無辜者的頭顱，來祭奠安西軍陣亡將士嗎？」

季如風沉吟道：「就算你所說句句屬實，可他現在的身分畢竟是敵國的將領，是我大唐的敵人。也難怪朝廷上下同仇敵愾，欲殺之而後快。」

「不錯，突力是因身分而非行為被判刑，可季叔認為這樣判決公正嗎？」任天翔義正辭嚴地質問，「難道這世上就只有立場，沒有是非？只有國家利益，沒有公平公正？若是如此，義門有什麼存在的必要，墨翟所宣揚的，超越種族、國籍和階層的平等、博愛、正義、公平，還有什麼意義？義門所拜之義若只惠及特定的人群，那還算是什麼義？」

季如風啞然，神情似有所動。任天翔見狀，立刻趁熱打鐵道：

「我知道要救突力，那是非常非常之難，所有已知的途徑都已經被堵死。但是我知道義安堂的實力，知道季叔的本事，你們一定有辦法救出突力。我也知道這非常冒險，一旦失手，整個義安堂都將遭遇滅頂之災，所以我不會讓你們白幹。季叔說過七塊義字璧碎片都已現世，只要湊齊完整的義字璧，即可實現義門歷代先輩孜孜以求的『破璧重圓，義門歸一』的夢想。我願將自己手中那三塊碎片送回義安堂，助季叔實現夢想。這就算是我與季叔之間的一個交易吧。」

季如風眼中閃過一絲興奮之色，但立刻又黯然搖頭：「就算破璧重圓又如何？如今義安堂中，已沒人有資格成為號令義門的第一人。」他的目光落到任天翔身上，若有所思地微微頷首，「既然是交易，賢侄可否聽聽我的條件？」

任天翔點點頭：「你說！」

季如風緩緩道：「我的條件就是，你必須為義安堂找齊義字璧所有七塊碎片，助義門實現破璧重圓的夢想。你能答應這個條件，我就想法動用義安堂的力量，幫你救出突力。」

任天翔吃驚道：「季叔太看得起我了吧？有兩塊碎片，我連它們下落都不知道，如何幫你們去找？就算我知道了它們下落，又有什麼本事幫你們弄到手？」

季如風意味深長地笑道：「那兩塊碎片的下落，義安堂倒是有些線索，我們可以為你提供這些線索，甚至全力協助你去找。現在賢侄身分不同，手中掌握著不小力量，倒也不必妄自菲薄。」

任天翔聞言心中暗忖：突力處斬就在近日，再沒時間拖延，我不妨先答應下來。待他們救出突力後，我再慢慢幫他們去找剩下那兩塊義字璧，至於能否找到，就不受我的控制了。

季如風見他在猶豫，便繼續道：「義字璧不僅是義門歸一的信物，而且還暗藏了祖師墨子的葬身之地。墓中除了有墨家的各種經典和秘笈，還陪葬了不少金銀珠寶、古玉禮器。如果賢侄能使義門破壁重圓，並找到墨子墓，那墓中的財富就全部歸你。」

任天翔聞言心神大動。他原本是想用那三塊義字璧碎片狠狠敲義安堂一筆，但為了救突力卻不得不放棄，那可是價值六十萬貫的鉅款，想想都讓人肉痛。現在季如風的提議，不僅能救突力，還有機會找到另外一筆意外之財，也許還不止值六十萬貫，這怎麼能讓任天翔不心動？

明知季如風是在以利相誘，他也實在抵禦不了這巨大的誘惑，不由指著季如風笑道：「季叔明知我貪財，卻偏偏要用這麼巨大一筆財富來誘惑，你說我能拒絕嗎？」

季如風淡淡笑問：「這麼說來，賢侄是同意這筆交易了？」

任天翔無奈點點頭：「告訴我另外兩塊碎片的下落，我盡全力幫你們去找。你們也儘快制定出營救突力的計畫，離他被處決的日子已經沒多少時間了。」

季如風點點頭：「營救突力的事你不用操心，交給我來辦好了。現在，我告訴你另外兩塊碎片的下落，一塊應該是在洪勝幫幫主洪景手中，還有一塊我不敢肯定，只能推測是在秦始皇陵墓中，那是他最重要的陪葬品。」

任天翔十分驚訝：「洪景？你怎麼知道有一塊是在洪景手中？另一塊是在秦始皇陵中？」

季如風款款道：「因為，洪勝幫原本也是我義門一支，其開山祖師正是當年逃過秦王追殺的墨家弟子，所以洪景手中應該有塊義字璧碎片；至於秦王墓中那一塊，是因為當年墨家七大弟子中有一人被秦王派出的將領追殺，那塊碎片被他獻給了秦王。以秦王的稟性，絕不會將有可能動搖大秦根基的義字璧碎片傳給他人，所以最有可能將它作為陪葬帶入墓中。蘇槐這些年來一直在尋找進入秦王墓的方法，就等其他六塊現世，再將墓中那塊給起出來。」

任天翔聞言，呆呆地愣了半晌，突然一跳而起，一把抓住季如風衣襟怒喝：「難怪你們要將我妹妹嫁給洪邪，原來也是為了那塊義字璧碎片！我妹妹將來要有個好歹，我饒不了你們！」

季如風忙解釋道：「你妹妹嫁給洪邪，乃是夫人和蕭傲一力促成，旁人也說不上話。而且以任小姐的脾氣，她要不願意，誰也勉強不來。」

任天翔心知季如風所言不假，只得恨恨地放開手，沉聲道：「我可以答應為你們找齊義字璧碎片，但你也必須答應我一個條件。」

季如風欣然點頭：「賢侄請說！」

任天翔正色道：「這事跟天琪沒有任何關係，你們不能讓她參與此事，更不能借她之手去偷洪景那塊碎片。你們要違反了這條，我立馬退出，而且會將手中的玉片全部砸碎，讓你們永遠後悔！」

季如風肅然點點頭：「同意！」

「一言為定！」

「一言為定！」

二人舉掌相擊，終於達成了這一秘密交易。

雖然將突力的事託付給了季如風，但任天翔始終感到心神不寧，難以完全放心。一連數天都在家中等候季如風消息，就是安慶宗來請了幾次，也都被他托病謝絕。

三天後的黃昏，突有內侍來傳詔，要他入宮面聖，他心中不禁打了個突，旁敲側擊向內侍打探，卻也沒問出個所以然，只得懷著忐忑的心情，隨內侍來到大明宮西苑的內教坊。但見內教坊張燈結綵，裝飾一新，似有什麼喜事一般。

任天翔見聖上早已在座，其神情間頗有喜色，似乎並不是為突力之事傳召自己，他這才放下心來。連忙上前高呼萬歲，大禮叩拜，陪笑問道：「不知聖上突然傳召微臣，莫非是有什麼喜事？」

李隆基呵呵笑道：「愛卿自己提議的事，難道你自己都忘了？」

任天翔一怔，突然想起三天前正是自己提議讓長樂坊謝阿蠻入宮，表演皇上新譜之《凌波曲》，以決定她的命運。他恍然醒悟：「是聖上的《凌波曲》終於找到了龍女？」

李隆基呵呵大笑道：「愛卿聰明，你上次對朕說過，獨樂樂，不若與眾樂樂，所以這凌波舞不能就朕和貴妃娘娘欣賞和評判，朕已傳詔去宣楊相國、胡兒祿山、以及幾個精通音律的公卿王侯入宮，與朕一同欣賞評判。朕這首《凌波曲》與謝阿蠻所跳之凌波舞，能否得到一致讚譽，就全在大家的評判了。」

任天翔聞言，立刻就明白了皇上的用心，他是想借自己三天前那個建議，趁機召謝阿蠻入內教坊，卻又怕楊玉環阻撓，便去請楊國忠、安祿山等臣下一同與會。

想這些大臣全都是人精，誰會看不出皇上的心思？自然會竭力為謝阿蠻叫好，屆時楊玉環總不能不顧眾人的評判，藉口謝阿蠻舞技粗陋，一意孤行將之公然趕出長安吧？這皇上與貴妃娘娘的博弈，還沒開始似乎就勝負已定。

現在宴會還沒開始，皇上就早早來到教坊，顯然是要預先給應詔入宮的大臣吹吹風，以免待會兒站錯了邊。

想明白皇上這點小心眼，任天翔心中暗自好笑，連忙模稜兩可地表態：「謝大家的舞技微臣有幸見過，如果她都演不好龍女，那這世上肯定就再沒人有資格演龍女了。」

李隆基聞言大喜，連連點頭：「國舅這話大有見地，不愧是司馬道長向朕推薦的人才！」

說話間，就見楊國忠、安祿山、寧王李憲等公卿王侯陸續到來，李隆基忙令高力士招呼眾人入席，並將今日飲宴賞樂的目的對眾人略作介紹，眾人心領神會，紛紛點頭表態，定要洗耳恭聽、凝目細賞。

看看所請公卿王侯都已到齊，卻還不見貴妃娘娘蹤影，李隆基正要差高力士去請，突聽門外內侍高聲稟報：「貴妃娘娘攜虢國夫人、韓國夫人、秦國夫人及眾娘娘覲見！」

說話間就見楊玉環打頭，三位徐娘半老的貴婦緊隨其後，另有還有後宮嬪妃多人，浩浩蕩蕩，帶著陣陣香風緩步而來。齊齊向正中央的皇帝拜倒，各依禮數覲見，一時燕語鶯聲，好不熱鬧。

李隆基大是意外，忙尷尬地令內侍看座。

任天翔一看這情形就知道，楊玉環早已看出了皇上宴請眾大臣共賞《凌波舞》那點心思，所以將自己三個姐姐及後宮知心的姐妹全請來，給了皇上一個措手不及。

她們人數比赴宴的公卿大臣為多，到時候評判謝阿蠻舞姿優劣時，她們絕對不會吃虧，這麼看來，楊玉環在這場博弈中似乎反而佔據了上風。

任天翔暗自慶幸將這個難題踢還給了皇上和貴妃娘娘，到時候無論他們誰勝誰負，都怪不到自己頭上。他心中打定看熱鬧的心態，靜觀事態的發展。

趁著皇帝與貴妃暗戰尚未開始前的寧靜，他細細打量早已久仰其名，卻從未謀面的權相，真正的國舅爺楊國忠，但見對方面白無鬚，體型富態，面容和藹似一尋常富家翁，但深藏於眉陵下的眼眸中，隱然有種陰鷙的寒光和肅穆森然的威儀，雖然他與安祿山表面上客客氣氣，但任天翔已敏銳地感覺到，二人實際上勢同水火，是一對不共戴天的政敵。

「賓客俱已到齊，為何還不見謝大家出場？莫非她的派頭比在座公卿王侯、甚至比聖上還大？」楊玉環勝券在握，便開始不陰不陽地催促起來。

李隆基無奈，正要示意高力士去後臺催促，就見安祿山起身拜道：「母后在上，父皇在上，這舞蹈咱們胡人從小就擅長。今日既是賞樂演舞的盛會，孩兒見獵心喜，不如就由孩兒拋磚引玉，先為母后和父王獻上一曲，以博母后和父皇，以及眾位公卿大臣一笑。」

李隆基向安祿山投去一個感激的目光，故意問：「胡兒身材肥碩，也擅舞技？」

安祿山一本正經道：「孩兒身材雖然臃腫肥碩，但為博母后和父皇一笑，無論如何也要跳上一段。若跳得好時，懇請母后父皇賞孩兒果子美酒，若跳得不好，就算脫光褲子打孩兒屁股，孩兒也心甘情願。」

楊國忠聞言，立刻鼓掌叫好，有他帶頭，眾人也都隨聲附和，顯然都是想看安祿山出醜。任天翔見狀暗自搖頭，想安祿山也算是節度三鎮、坐鎮一方的梟雄，在皇上和貴妃娘娘面前，竟不惜扮傻裝癡做小丑，可見他這驃騎將軍當得還真是窩囊。

李隆基暗自感激安祿山為謝阿蠻解圍，忙對內侍吩咐：「好！准奏！樂師，為我胡兒奏樂！」

樂師敲響羯鼓，琴師彈起胡笳。激越蒼涼的樂曲聲中，就見安祿山脫去大氅，健步來到宴席中央的舞池，開始合著音律旋轉起舞，就見他身材雖然臃腫肥碩，但腳下矯健，身手靈活，全然沒有一絲笨拙之感。

隨著鼓樂轉急，他的雙足連環旋轉，帶動身體越轉越快，漸漸看不清其面目嘴臉，令人不禁鼓掌叫好，難以想像他那身材，竟然有如此高明的舞技。

少時鼓停笳寂，他也就勢拜倒在皇帝和貴妃娘娘面前，渾身紋絲不動，隱然淵渟嶽立。一曲胡旋舞下來，他卻面不紅色不變，令人嘖嘖稱奇。

「好！」李隆基鼓掌大笑，「想不到胡兒腹大如鼓，卻有如此舞技。不知胡兒腹中所藏何物？」

安祿山一本正經道：「父皇明鑒，孩兒腹中唯一副赤膽忠心耳！」

舞魂

第七章

樂曲如波濤微瀾，在龍女周圍徐徐流淌，
就見她在波濤中如初醒的嬰兒，眼眸中透著無盡的好奇，
恣意扭動著靈便的腰身，時而起伏騰躍，時而踏波翱翔。
其神態舞姿，與傳說中的龍女幾無二致，令人目醉神迷。

安祿山話音剛落，就聽一旁有人不陰不陽地道：「是不是赤膽忠心，恐怕只有剖開來看看才知道。」

安祿山不用轉頭也知道必是楊國忠無疑，他一聽這話，「噗通」一聲衝皇上和楊玉環跪倒，含淚拜道：「孩兒有個不情之請，望母后和父皇恩准！」

李隆基奇道：「胡兒有何請求？」

安祿山叩首拜道：「孩兒求父皇賜刀一柄，容孩兒剖開胸腹，以驗孩兒腹中赤膽忠心。」

李隆基忙道：「剖開肚子，人豈能再活？」

安祿山大義凜然道：「若能讓父皇看清孩兒赤膽忠心，孩兒死又何妨？」

李隆基大為感動，連忙擺手道：「胡兒忠心，朕深信不疑。為驗忠心而傷人性命，非仁君所為，朕萬萬不會答應。」

安祿山垂淚道：「多謝父皇信任，不過這裏有人卻信不過孩兒之心，孩兒唯有剖腹明志，方能堵他之口，懇請父皇恩准！」

李隆基頓時左右為難，他不是不知道楊國忠與安祿山勢同水火，安祿山此舉便是要逼楊國忠為方才的話道歉，但現在貴妃娘娘在場，而且還當著這麼多公卿近臣，他多少得給楊國忠留幾分面子。

不過，安祿山不依不饒，堅持要剖腹明志，他當然也不能任由一位功勳卓著的將領，為一句戲言就血濺當場，正左右為難之時，就見任天翔起身拜道：

「啟奏陛下，臣有一策，可驗安將軍之忠心。」

李隆基聞言喜道：「愛卿快快道來！」

任天翔嘻嘻笑道：「請陛下賜刀一柄，誰若不信安將軍之赤膽忠心，便由他剖開安將軍之腹驗看。若證實安將軍果非赤膽忠心，陛下可重賞此人；如若不然，便由他為安將軍抵命。」

李隆基聞言大喜，連連點頭：「此法甚妙，准！來人！賜刀驗腹！」

有御前侍衛立刻奉上一柄匕首，李隆基環顧眾臣道：「眾愛卿誰若懷疑安祿山之心，可持刀驗腹，有哪位愛卿想試一試？」

眾人噤若寒蟬，楊國忠也是冷著臉一言不發。任天翔見狀心中暗爽，他忘不了曾在楊國忠那裏吃過閉門羹，這次也讓對方吃了回癟，這讓他心裏總算好受了一點。

任天翔一個鬼點子，既避免了安祿山與楊國忠直接對抗，又為皇上解了圍，讓皇上也甚是滿意。

見無人應答，李隆基點頭笑道：「既然沒人想一試，那類似的話以後不可再說，以免傷了同僚的和氣。」

楊玉環見堂兄吃癟，忙轉移話題道：「聖上等待已久，這謝大家怎麼還沒準備妥當？」

話音剛落，就見高力士由房內匆匆而來，拱手向皇上稟報：「謝大家已準備妥當，可隨時開始。不過謝大家有個不情之請，還望聖上恩准。」

李隆基忙問：「什麼不情之請？」

高力士遲疑了一下道：「謝大家聽聞貴妃娘娘善彈琵琶，想懇請娘娘為其伴奏。」

「什麼？」楊玉環勃然變色，「她竟敢要本宮為她伴奏？」

李隆基見狀忙圓場道：「娘娘多慮了。這首《凌波舞》自譜成之後，咱們還從未合奏過，正好今日眾多操琴名家和音律高手都在場，不如就由咱們一起合奏一曲，讓謝大家為咱們伴舞如何？」

眾人聞言紛紛鼓掌叫好，楊玉環見狀，也只好悻悻地低頭默認，不好拂眾人之意。

李隆基見狀忙令樂師準備琴瑟，然後由楊玉環彈琵琶，寧王李憲吹笛，樂工馬仙期擊方響，李龜年吹觱篥，樂工張野狐彈箜篌，樂工賀懷智拍板，而他自己則親自敲響八音之首的羯鼓。但聽鼓樂齊鳴，一首《凌波曲》在李隆基羯鼓指揮下，漸漸舒展開來。

樂曲聲中，就見謝阿蠻雲鬢高聳，長袖飄飄，由屏風後輕盈而出。

任天翔的目光最先落到她那一雙不著寸縷的天足之上，就見那雙圓潤無骨的天足，在紅毯白紗的映襯下，越發溫婉如玉，令任天翔砰然心動，也令他不由自主想起了雲依人坐著彩帶從天而降時垂下的那雙天足，簡直就跟眼見這雙一模一樣，他不禁將目光由下而上轉向這雙天足的主人，才發現那是活潑端莊兼而有之的龍女，正踏著波濤盈盈而來，與記憶中的雲依人相貌迥異。

樂曲如波濤微瀾，在龍女周圍徐徐流淌，就見她在波濤中如初醒的嬰兒，眼眸中透著無盡的好奇，恣意扭動著靈便的腰身，時而起伏騰躍，時而踏波翱翔。其神態舞姿，與傳說中的龍女幾無二致，令人目醉神迷。

楊玉環奉旨彈琴，心中多少有些勉強，剛開始還只想應付了事。但所有伴奏者皆是樂中高手，一首《凌波曲》令人嘆為觀止，尤其伴舞的謝阿蠻，將龍女的天真爛漫與美麗多情演繹得出神入化，更將所有樂手的情感帶動，不由自主跟隨她的舞姿以樂相合。

楊玉環不忍破壞整個樂曲與舞蹈的和諧之美，彈到最後，她也不禁完全融入舞樂之中，以發自內心的感情演繹這曲《凌波舞》。

在樂聲的包圍中，謝阿蠻猶如一個以舞為生的精靈，在眾人如癡如醉的目光中翩翩起舞，令人恍惚覺得，她就是傳說中的龍女。直到她終於在波濤中嬉戲疲憊，緩緩伏倒在微瀾之中。樂聲也才漸漸飄渺，直到完全消失於天際。

眾人如癡如狂，忘了鼓掌也忘了叫好，似乎生怕唐突的呼叫驚醒了安詳而眠的龍女。直到她翻身而起，衝皇上和貴妃娘娘盈盈拜倒，眾人才從沉迷中醒轉，不禁齊齊鼓掌叫好。

李隆基也不禁搖頭輕嘆：「真是『微波凌步襪生塵，誰見當時窈窕身？』謝大家乃是以生命在跳舞，堪稱舞中之魂！」

話剛出口，他就暗自後悔，忙偷眼打量一旁的愛妃，就見楊玉環已是滿眼熱淚，顯然已為謝阿蠻的舞姿感動。

就在這時，突聽有人突兀的高呼：「好什麼好？我看也是平常得緊！」

發話的是韓國夫人，她原本是來為妹妹捧場，要將謝阿蠻趕出京師，所以不惜違心地喝倒彩。她話音剛落，立刻得到身邊幾個女人的附和，不過眾人已為謝阿蠻舞姿折服，即便違心地喝倒彩，卻也不敢太過分，所以氣勢上比喝彩聲弱了許多。

李隆基知道這些女人都是唯貴妃娘娘馬首是瞻，不由將目光轉向了楊玉環。就見她含淚摘下左臂之上的紅粟玉臂環，示意內侍賜予謝阿蠻，然後垂淚道：

「謝大家一曲《凌波舞》，令奴家感動萬分。奴家自詡精擅舞樂，卻也從未見過這等曼妙無雙的舞姿，今特賜紅粟玉臂環一枚，以示讚賞。」

謝阿蠻接過臂環，寵辱不驚地拜道：「阿蠻多謝貴妃娘娘賞賜！」

眾人轟然叫好，方才大家顧忌貴妃娘娘的感受，叫好聲還有些謹慎，現在見貴妃娘娘都親口稱讚謝阿蠻的舞姿，眾人自然再無顧忌。弄得幾個女人莫名其妙，不知貴妃娘娘為何會改變初衷，稱讚起爭寵的情敵來。

李隆基見謝阿蠻的舞姿得到了楊玉環的肯定，懸著的心總算放了下來，陪著小心笑問：「既然愛妃也稱讚謝大家的舞姿，那她可以入內教坊供職了吧？」

楊玉環點點頭，對謝阿蠻款款道：「這于闐進貢來的紅粟玉臂環乃是一對，一直就沒離開過奴家。今賜你一枚，是由於奴家想認下你這個妹妹，與你共研舞樂，不知你可願意？」

謝阿蠻依舊寵辱不驚地拜謝道：「多謝娘娘看重，阿蠻受寵若驚！」

楊玉環嘴邊綻出一絲發自內心的微笑：「你既是奴家義妹，以後但凡入宮，就在奴家宮中寢宿，咱們姐妹也好相互切磋舞技，共研舞樂。」

謝阿蠻連忙謝恩，眾人也都紛紛向她道賀。任天翔聽到這裏才總算明白，原來楊玉環是要將謝阿蠻控制在自己手中，不容皇上染指。想起宮中種種勾心鬥角的勾當，任天翔突然有些擔心起這個舞姿極像雲依人的謝阿蠻，會不會捲入後宮爭風吃醋的漩渦？以她既無根基又無背景的身世，只怕宮中的生活並不會順利。

任天翔正為之擔心之時，突見一個內侍氣喘吁吁地快步而入，在階前伏地稟報：「啟奏陛下，刑部有加急奏摺呈上！」

「呈上來！」李隆基一擺手，高力士立刻上前接過奏摺，雙手捧著送到皇帝面前。

李隆基展開奏摺一看，臉上漸漸變色。他將奏摺狠狠一摔，怒道，「什麼人這麼大膽？竟敢在我大唐帝都劫走死刑囚犯？來人，傳朕口諭，關閉長安所有城門，就是掘地三尺，也要找出那個石國叛將和那幫劫法場的同夥！」

內侍領令而去後，就見皇上怒氣沖沖地在階前踱了幾個來回，最後目光凶狠地望向任天翔，喝道：「任天翔聽令！」

任天翔急忙起身拜道：「微臣在！」

李隆基憤然道：「有人公然在長安劫走了那個押赴刑場的石國叛將，你立刻率御前侍衛協助刑部和大理寺，將那傢伙給朕抓回來。如果抓不到他和他的同夥，你自己提頭來見朕。」

任天翔嚇了一跳，立刻猜到是季如風終於有所行動，在法場上救走了突力。他心中又驚又喜，只是沒想到皇上竟然會將抓捕突力的重任交給自己，到時候要交不出人來，只怕還真有些難辦。

正怔忡不定間，突聽皇上冷冷問：「怎麼？莫非你有難處？」

任天翔只得硬著頭皮答應道：「臣領旨！定為陛下將這幫膽大妄為的傢伙全部抓捕歸案。」

一向平靜而繁華的長安城，因突力的被劫突然變得戒備森嚴，不僅所有城門關閉，而且大理寺衙役、刑部捕快、御林軍、城防軍、御前侍衛等等，皆加入到搜捕突力和其同黨的行動中來。

一連數天，眾人幾乎將長安城翻了個底朝天，但卻依然沒有找到任何有用的線索，更別說抓到突力和他的同黨了。

任天翔身為御前侍衛副總管，也帶著施東照等手下裝模做樣地四下搜查，卻暗中讓褚剛給季如風通風報信。雖然皇上下了嚴旨，但任天翔一點也不擔心。他知道法不責眾的道理，若找不到突力和其同黨，總不能將大理寺卿、刑部尚書、城防軍將領、御林軍首領和御前侍衛總管統統都砍了腦袋吧？總得等這些人腦袋砍完後，才會輪到他這個副總管吧？所以他知道自己的腦袋安全得很。

任天翔不僅不擔心腦袋，還趁機大發國難財。御前侍衛們得了聖旨，便借搜捕欽犯之機，大肆騷擾那些殷實的商賈和大戶，逼對方拿錢消災了事。任天翔對此睜一隻眼閉一隻眼，下面的人有了好處自然會孝敬，他也樂得坐享其成。現在他只擔心，季如風沒來得及將突力送出城，萬一要落到別人手裏，那他這腦袋，才真是有些不穩了。

不過一連七、八天過去，突力和他的同黨依舊毫無線索。負責這次大搜捕的所有衙門，俱被召到勤政殿，受到皇上的嚴厲訓斥。

「朝廷的俸祿，就養了你們這幫酒囊飯袋！」李隆基目光從面前眾能臣幹吏的臉上一一掃過，怒不可遏，「七八天過去，還沒找到那個叛將和其同黨的線索，你要朕如何向天下人交代，如何向安西軍陣亡將士的家眷們交代？」

眾人噤若寒蟬，低頭不敢應對。

直到聖上怒氣稍竭，楊國忠才小心翼翼道：「陛下，長安乃通商口岸，南來北往的商賈無數，如果長久關閉城門，不容商賈出入，這恐怕會引起百姓騷動，更會影響長安的稅收，使繁華的長安就此蕭條下來。」

李隆基憤然質問：「難道就這樣打開城門，昭告天下咱們沒有抓到那個叛將和他的同夥？朝廷拿他們束手無策？」

眾人無言以對，皆左右為難。

排在眾臣之後的任天翔，聞言心中一動，大膽越眾而出，拱手拜道：「臣有一策，或可保全朝廷顏面。」

李隆基喜道：「講！」

任天翔深吸口氣，在心中理了理思路，這才道：

「既然短期內找不到那石國叛將和他的同黨，關閉長安城門也不是長久之計。依微臣之見，不如就從刑部大牢的死刑犯中，提幾個人冒充那叛將和其同黨，公開在法場處斬，然後昭告天下，就說那叛將和其同黨已經伏法。這既保住了朝廷的顏面，又告慰了天下百姓和安西軍陣亡將士家眷，還可恢復長安城的正常秩序。至於那叛將和其同黨，陛下再著人秘密徹查不遲。」

李隆基若有所思地點點頭，對眾臣冷哼道：「枉你們也算是奉職多年的朝廷重臣，卻還不如一個剛入仕途的新人有辦法，知道如何為朕分憂。」說著他轉向刑部尚書，「就照國舅的提議去辦，找幾個死囚扮成那叛將和其同夥，儘快押赴刑場斬首，以安定民心，恢復長安城正常秩序。至於徹查那叛將和其同黨，就由國舅全權負責，朕賜你尚方寶劍一柄，你可憑之調度所有衙門協助，務必將那叛將秘密抓捕歸案。」

「微臣遵旨！」刑部尚書與任天翔齊聲領旨。

眾臣見這事總算告一段落，也都暗自舒了口氣。只是對任天翔年紀輕輕，官場背景幾乎為零，卻獲皇上賜尚方寶劍，皆感到嫉妒和不解。

當任天翔從高力士手中接過尚方寶劍時，心中卻沒有一絲得意，只有暗自叫苦。想眾多衙門一起搜捕突力，抓不到，他身上的責任也不大，但如今自己成了追捕突力的主要責任人，要是沒給皇上個交代，那會受到怎樣的處罰還真是難說得很。

手捧尚方寶劍離開皇城後，任天翔將身邊幾個侍衛打發走，然後僅帶著褚剛來到季如風的住所。這些天他為避嫌，一直沒來找過季如風，如今風頭稍稍過去，他便忍不住來找季如風打探突力的消息。

聽聞朝廷打算用死囚犯假扮突力和其同黨，並將暗中追查的任務交給了任天翔，季如風一向古井不波的臉上，也露出一絲忍俊不住的笑意。

見任天翔問起突力的下落，他淡然道：「季某行事雖不敢說萬無一失，但至少也是計畫周詳。突力自法場被救之後就立刻離開了長安，早已離開這是非之地，我不會將一個有可能令義安堂全軍覆滅的人證留在身邊。突力將軍還要我轉告你，他欠你一條性命，以後有機會定會以命相報。」

任天翔聽到這話總算徹底放下心來，豎起拇指讚道：「季叔果然高明，不愧為義安堂的智囊，小侄佩服得五體投地！」

季如風木無表情地淡然道：「我答應你的事已經做到，現在該是你履行諾言的時候了。不知你有何計畫？」

想起墨子墓中所藏之財富，任天翔也不禁有些心動，低頭沉吟道：

「現在我手上有三塊玉片，義安堂有兩塊，洪景手中有一塊，還有一塊可能是在秦始皇陵墓中。七塊玉片只要湊齊，義字璧便完整歸一，但要真將它們湊齊，只怕不是那麼容易。」

「如果很容易，義字璧也不會在千年之後，依舊四分五裂。」季如風雖然依舊木無表情，但眼瞳深處卻閃爍著一絲壓抑不住的狂熱，「義安堂這兩塊我來想辦法，秦始皇陵中那塊得找蘇槐出手，最關鍵是洪景手中那塊，如果不要任小姐牽涉進來，那就要公子另想高招。」

任天翔沉吟道：「洪景好歹是天琪的公公，咱們若是巧取豪奪，將來天琪如何在洪家立足？這事還真有些難辦，你讓我再好好想想，看看有沒有什麼兩全之計。」

季如風無奈道：「希望公子早點想到辦法，以便早點實現義門歷代先輩的夢想。」

任天翔嘻嘻一笑：「季叔放心，我也想早點拿到墨子墓中的財富。咱們都想想辦法，不過義門上千年都等了，也不急在這一時。咱們可以先起出始皇陵中那塊，最後再與洪景攤牌，我想洪景既然也是義門一脈，他也必定希望看到『破壁重圓，義門歸一』那一天吧？」

季如風點點頭，沉吟道：「蘇槐這些年一直在研究如何進入始皇陵，只是始皇陵占地極廣，又位於長安附近的驪山腳下，總有人來人往，咱們一旦有破土的工程，極易引起官府的注意，恐怕也不是那麼容易。」

任天翔呵呵笑道：「這個季叔倒不必太擔心，現在小侄正好手握尚方寶劍，負責追查欽犯的下落。小侄可以來個假公濟私，以追捕欽犯之名，要官府配合，將始皇陵附近的道路全部封閉，保證你們可以安心盜墓。」

「好！我這就告訴蘇槐，他等這一天已經等了差不多二十年。」季如風眼中閃過莫名喜色，「賢侄先回去準備，等咱們這邊準備妥當，立刻派人通知你。」

「一言為定！」任天翔立刻起身告辭。

褚剛聽說任天翔要掩護季如風盜墓，甚是驚訝，不過在得知始皇陵中，極有可能藏著一塊義字璧殘片，他頓時恍然大悟，忙道：「那咱們趕緊回去準備，挑選信得過的兄弟隨行。」

任天翔搖搖頭：「不，咱們今日先依次去拜會刑部、大理寺、京兆尹和城防守軍。」

褚剛有點意外：「這是為何？」

任天翔目光幽遠地望向虛空，眼瞳深處隱約透出一絲冷厲：

「因為我一直還記得，任重遠死得不明不白，我又被人陷害不得不流亡西域。種種跡象表明，義安堂中至少還隱藏著一個危險的敵人，如果不將他揪出來，咱們的一切努力都有可能成為他的墊腳石。」

褚剛恍然點頭道：「公子想怎麼做？」

任天翔緩緩道：「任重遠是在一個名叫如意夫人的神秘女人那裏受傷不治，這個女人無疑是所有問題的關鍵。本公子現在手握尚方寶劍，不用白不用。我不信調動所有衙門的風媒和眼線，還找不出那個神秘莫測的如意夫人！」

憑著手中的尚方寶劍，再假借追查石國叛將的下落，任天翔將追查如意夫人的任務分派給了所有能用上的衙門。無論刑部還是大理寺都有自己的眼線和風媒，散佈於長安乃至周邊州縣每一個角落，隨著任天翔的密令，一場追查當年如意夫人下落的秘密行動，開始在整個長安城乃至周邊州縣悄悄進行開來。

與此同時，任天翔挑選了幾個心腹，再加上褚剛和崑崙奴兄弟，與季如風、姜振山和蘇槐一道，踏上了尋找和開啟始皇陵的征途。

憑著手中的尚方寶劍，任天翔藉口要搜查欽犯和其同夥的下落，調動當地官府封鎖周邊路口，禁止一切閒雜人等靠近，讓蘇槐可以在光天化日之下，大搖大擺地打洞入墓。不過蘇槐一輩子都還沒有在白天打過洞，堅持要在入夜後才行動，眾人也只得由他。

深秋的夜晚寒氣逼人，任天翔雖然披著大氅，依舊覺得涼意透骨。看著面前那個比碗口大不了多少的盜洞，他很難相信，方才綽號老鼠的蘇槐，就是從這裏打洞鑽入了地底。

他突然想到，比起墨子墓中的財寶，始皇陵中的財富不是更多更值錢？自己幹嘛要捨近求遠去找什麼墨子墓？

正胡思亂想之時，就見盜洞中有物蠕動，先是一雙腳，爾後是身子，最後是整個人從洞中退了出來。跟著就聽他渾身骨骼「劈啪」作響，身子轉眼間膨脹了三分之一，正是模樣酷似老鼠的蘇槐。

「鼠叔，找到入口了？」任天翔忙問。

蘇槐白了他一眼，示意弟子遞上酒壺，狠狠地灌了一大口，才不緊不慢地道：「這始皇陵咱們蘇家三代在上面花了不下百年的時間，如果連入口都還沒找到，那還算什麼盜墓世家？」

任天翔聞言喜道：「這麼說來，始皇陵中的金銀財寶，早就任鼠叔予取予奪？小侄跟您老打個商量，能不能隨便給小侄摸幾件出來玩玩？」

蘇槐一聲冷哼：「你以為始皇陵就像尋常古墓一般，就幾間簡陋的墓室，每間墓室中都堆滿了陪葬的器皿和金銀珠玉？」

任天翔奇道：「難道不是？」

蘇槐又是一聲冷哼：「始皇陵是有史以來最為浩大的工程，從秦始皇登基不久便開始動工，七十萬工匠用了三十多年還沒完工，後來秦始皇暴斃，只得將之匆忙下葬，然後草草填土封閉。即便如此，它依舊是一座不知占地有多廣的地下城。要想在如此深廣的地下城找到陪葬的金銀珠寶，豈是一件容易的事？到現在為止，我還只找到一些破碎的陶俑和腐朽的車馬，連金銀珠寶的毛都沒見到過。」

任天翔陪笑道：「沒事，咱們有的是時間，可以慢慢找。」

蘇槐搖頭嘆道：「如果真有那麼容易，在我爺爺那一輩就已經將始皇陵淘空了，那塊藏在秦始皇棺槨中的義字璧也早已經被起出，還輪得到我？」

任天翔聞言疑惑道：「莫非……還有什麼艱難？」

蘇槐沒有回答，卻疲憊地閉上了雙眼。

任天翔還想再問，一旁的季如風忙道：「讓你鼠叔好好休息，不要再打攪他了。」

任天翔只得滿腹狐疑地閉上嘴，就見蘇槐靜靜地在地上躺了一炷香功夫，然後翻身而起，對弟子一招手，那弟子忙將各種挖掘開鑿的工具遞給他。蘇槐將工具繫在腳腕上，然後又像老鼠一般鑽入盜洞，漸漸消失在黑黝黝的盜洞深處。

雖然任天翔令官府衙役封鎖了周圍的道路，又讓陸琴、蘇棋率御前侍衛在百丈外警戒，不會有任何人撞破他們的行動，但為了小心，眾人還是沒有燃起篝火取暖。

隨著夜色越發深沉，寒意也越來越重，任天翔即便身披大氅，依舊凍得渾身哆嗦，不得不在原地踏步取暖。

大約半個時辰後，就見老鼠又從盜洞中鑽了出來，這一次他更加疲憊，原本就蒼白無血的臉色也越發難看，就如病入膏肓一般慘澹。

季如風關切地問：「怎樣？」

蘇槐狠狠灌了幾大口酒，眼中閃過一絲發自靈魂深處的畏懼：「我從來沒見過如此多的兵馬俑，個個栩栩如生，隊列森嚴，宛如一支龐大的軍隊在拱衛著他們的帝王。媽的，明知道它們都是些泥塑的陶俑，我卻依然感到震撼和畏懼。」

季如風皺起眉頭：「除了兵馬俑，還有什麼發現？」

蘇槐又灌了一大口酒，這才抹著嘴道：「根據我爺爺和我爹留下的地圖，我找到了他們當年掘出的盜洞，並順著它直接進入了地宮，棺槨應該就在不遠了。」

任天翔聞言大喜道：「別的地方沒金銀財寶，地宮中絕對是有的，鼠叔怎麼沒有隨手摸兩件出來？要不我讓人將這盜洞鑿大點，我自己帶人進去拿，不勞煩鼠叔動手。」

蘇槐白了任天翔一眼，一言不發倒頭就睡。

任天翔有點莫名其妙，還想再問，姜振山已攔住他道：「少堂主別再多問了，讓蘇兄弟好好休息。」

任天翔聞言，更是感到意外，他記得姜振山從來就瞧不起蘇槐這個出身盜墓世家的盜墓賊，一直都是叫他老鼠，叫「蘇兄弟」還是第一次，他隱約感覺到，姜振山對蘇槐的態度已經徹底改變。

這一次，蘇槐足足休息了兩炷香才翻身而起，在入洞之前，季如風關切地道：「蘇兄弟，如果不行就不要勉強，咱們可以下次再來。」

蘇槐淡然一笑：「下次？我怕這輩子恐怕都不會再有這樣的機會了。」

蘇槐的身影消失在盜洞深處，這一次他在地底待了不到半個時辰，出來時就見他越發虛弱，剛站起就突然摔倒在地。眾人連忙上前攙扶，才發現他眼窩深陷，眼珠充血，嘴唇已變成紫黑色，粗重的喘息更是暴露了他身體已是極度虛弱。

「這是怎麼回事？」任天翔忙問，卻沒人回答。

就見季如風與姜振山扶蘇槐在地上躺好，又脫下外袍給他蓋上，這才對任天翔道：「沒事，讓你鼠叔好好休息。」

這次蘇槐足足休息了半個多時辰，才重新翻身坐起，掙扎著要繼續鑽入盜洞。這時任天翔驚訝地發現，就這半個時辰的功夫，蘇槐的臉上已經長出一片片猩紅恐怖的皰疹，手腳也在震顫不止，佈滿血絲的眼眸中，更是呈現出一種罕見的死灰色。

他的弟子急忙跪倒在他面前，哽咽道：「師傅，讓我下去吧，你不能再去了！」

蘇槐勉強咧嘴一笑：「沒有人比我更熟悉始皇陵，從我爺爺那一代開始，就在想法進入地宮。我爺爺、我爹爹兩代人都將性命丟在了始皇陵中，現在，該輪到我了。」

「蘇兄弟！」季如風含淚道，「咱們還是下次再來吧，你的身體要緊！」

姜振山也勸道：「老鼠，不要勉強自己，咱們多少年都等了，也不急在這一時。」

蘇槐不以為意地擺擺手：「我等不到下次了，我已找到地宮中的棺槨，只要鑿開棺槨就能拿到那塊失落千年的義字璧碎片。義門等這一天已經等了上千年，我不想再等，而且我這身體也已經等不起。與義門歷代先輩的心願比起來，我蘇槐一條賤命真是微不足道。」

「師父！」那弟子拜倒在地，哽咽著不能言語。

蘇槐拍拍他的肩頭，然後將一條掛著鈴鐺的繩索繫在自己腰間，平靜地叮囑道：「聽到鈴聲就起繩，不可有絲毫耽誤。起繩後無論我有沒有出來，都立刻封洞，你可明白？」

「弟子……遵命！」那弟子再次拜伏於地。

不顧眾人的阻攔，蘇槐掙扎著再次鑽入了地洞。

任天翔忍不住問：「這是怎麼回事？為何鼠叔僅下去了三次，就像是完全變了個人，好像是生了場大病，或是中了某種劇毒一般？」

季如風沒有回答，卻目視虛空，喃喃念起了一段古文：

「穿三泉，下銅而致槨，宮觀百官奇器珍怪徙臧滿之。令匠作機弩矢，有所穿近者輒射之。以水銀為百川江河大海，機相灌輸，上具天文，下具地理。以人魚膏為燭，度不滅者久之……」

任天翔先是有些莫名其妙，跟著突然醒悟，這是太史公筆下有關始皇陵的珍貴記載。正不知季如風為何突然念起這段，就聽他含淚解釋道：

「始皇陵地宮，曾用數千斤水銀為江河湖海。水銀劇毒，雖經千年早已揮發殆盡，但其毒性卻浸入地宮乃至整個始皇陵土壤和空氣之中，無論呼吸還是皮膚接觸，都會中毒，所以始皇陵尤其是地宮中，實際上是任何人也不能久留的絕地。蘇槐的爺爺和父親，都因中水銀之毒而長眠地底，不過他們也為後人留下了直達地宮的盜洞，所以蘇槐今日才能順利進入地宮，找到始皇棺槨。可惜水銀之毒，無藥可解，蘇兄弟明知此行必死無疑，依舊毫不退縮，這不正是我義門先輩所言之捨生而取義？」

任天翔心神俱震，沒想到其貌不揚的蘇槐，為了一塊義字璧殘片，竟不惜以性命去換，難怪他沒有功夫去摸任何金銀珠寶。跟義字璧殘片乃至他的性命比起來，始皇陵中所有珍寶，在他眼中恐怕都是一錢不值。

幾個人心情沉重地圍在洞口，焦急地等待著蘇槐發出的信號。

不知過得多久，地底終於傳來隱隱約約的鈴聲。那弟子急忙將繩索快速收回，足足收了近百丈之後，繩索終於見到盡頭，只見其上除了一串鈴鐺，還繫著一個裝盛斧鑿工具的百寶囊。

眾人認得那是蘇槐的百寶囊，急忙將之打開，就見百寶囊中只有一個破布裹著的包裹，季如風小心翼翼取出包裹將之展開，就見一塊玉質粗陋、毫不起眼的墨玉碎片呈現在眾人面前。

「是它！一定是它！」季如風借著月光打量著玉片上的那些花紋，眼中有淚光在閃爍，「沒錯！這正是當年被秦始皇奪去的那塊義字璧碎片！」

「師父！」蘇槐的弟子衝著黑黝黝的地洞放聲高喊，洞中卻只有嗡嗡的回音。他心中焦急想要下去，只可惜縮骨功不及蘇槐高明，怎麼也鑽不進那僅比碗口大不了多少的盜洞。

他抄起小型鏟想要擴大洞口，但急切之間，怎麼可能將蘇家三代歷時多年掘出的盜洞，全部擴展到他能進入的程度？

「不用再掘了！」季如風垂淚嘆道，「蘇兄弟三代人的心願終於得償，他已心滿意足，一定不想別人看到他水銀中毒後的慘狀。與其在別人面前痛苦萬分地死去，不如留在地宮中與天下所有盜墓人夢寐以求的財寶相伴。作為他的弟子，你一定明白你師父的心意。」

想起師父臨走前的叮囑，那弟子含淚點了點頭，拿起酒壺，將壺中的酒盡數傾入地洞中，然後恭恭敬敬地朝洞口磕了三個頭，這才抄起鐵鏟，將周圍的泥土填入地洞中。不到一頓飯功夫那地洞就被填平，與周圍的地形再無二致。

任天翔懷著複雜的心情，將自己禦寒的酒盡數傾倒在已經填平的地洞上，然後對著早已填平的地洞恭恭敬敬地拜了一拜。此刻，他對這個一向沒怎麼注意的蘇槐，充滿了一種莫名的敬意，不過卻又有幾分不解。他想不通義門所拜之義，究竟是有多大的魔力，值得蘇槐用生命去追尋，就是明知是死也毫無退縮。

「什麼人？」遠處傳來一聲暴喝，跟著是兵刃出鞘的鏗鏘聲。眾人聽出是幾名御前侍衛的聲音，心中都是一驚。按說，周圍的道路全都已經被官府封鎖，不該有人靠近，但聽方才的動靜，卻像是有人已來到近前。

遠處突然傳來幾聲短促的慘呼，跟著四周變得異常寧靜，就像什麼事也沒發生過。幾個人面面相覷，任天翔小聲向遠處呼喚：

「陸琴，蘇棋，怎麼回事？」

黑夜中除了呼呼的風聲，沒有任何應答。幾個人交換了一下眼神，姜振山沉聲道：「我先過去看看，你們待在這別動。」

季如風擺擺手：「敵暗我明，萬不可走散，讓人各個擊破。」

姜振山急道：「那咱們總不能在此坐以待斃，總得有所行動吧？」

季如風想了想，抱拳向四野朗聲道：「不知是哪路朋友路過此地？可否現身一見？義安堂季如風有禮了！」

巫術

第八章

就見前方飄渺的鬼火漸漸多了起來，像是無形的活物般在眾人周圍飄蕩，漸漸迷亂了眾人的心智，眾人走了不知多久，卻始終沒有找到回去的路，反而只是在原地打轉。

「鬼打牆！一定是鬼打牆！」一個侍衛驚恐地大叫。

四野只聞呼呼風聲，不見任何應答。幾個人交換了一個眼神，季如風擺手示意道：「咱們原路退回，大家莫要走散，請姜兄前面開路，我和褚剛兄弟斷後。」

姜振山點點頭，率先沿來路戒備而行，幾個人懷著忐忑不安的心情緊隨其後。

走出不到百丈，就見任天翔帶來的幾個侍衛橫七豎八地倒在地上，其中有幾個的刀劍竟然是插在了同伴身上，而他們全身卻沒有任何傷痕，一探鼻息皆氣若游絲。任天翔示意褚剛將他們弄醒，褚剛喝了口禦寒酒，然後將酒噴到眾人臉上，又推拿拍打半晌，才見幾個倖存者幽幽醒轉。

「怎麼回事？你們發現了什麼？」任天翔忙問陸琴和蘇棋，他知道幾個侍衛中以二人武功最高，遇到什麼敵人，肯定也是以二人最為清楚。誰知二人卻茫然搖頭，眼中皆有一種發自靈魂深處的恐懼。

「什麼意思？難道你們連對手都沒看見，就全都著了別人的道？」任天翔急問。

陸琴縮著脖子搖搖頭：「我們確實什麼都沒看到，如果一定要說對手是誰，那一定是……鬼！」

「鬼？」任天翔啞然失笑，「你一定是被嚇傻了吧？這世上要真有鬼，咱們聯手抓一個回去展覽，一定能賺大錢。我想這世上每一個人，恐怕都想看看鬼長什麼樣。」

「少堂主莫要褻瀆鬼神！」姜振山不悅道，「須知天地間鬼神無處不在，你看不到只是因為沒有一雙慧眼。」

任天翔想起義安堂與墨家一脈相承，而墨家學說中最重要的一條就是信奉鬼神。他知趣地放棄與姜振山理論鬼神的存在與否，轉向蘇棋問道：

「你究竟看到了什麼？」

蘇棋搖搖頭，眼中再次閃出莫名恐懼：

「我什麼都沒看到，只是聽到有人在咱們耳邊低聲念咒，咱們循聲要追，卻怎麼也找不到聲音傳來的方向。幾個兄弟神智漸漸模糊，開始拿刀對砍，我只好將他們打倒，誰知到後來我也漸漸失去了知覺，不知道後來究竟發生了什麼。」

眾人聞言不禁面面相覷，雖然他們中不乏見多識廣之輩，卻也從來沒有聽說過今晚這樣的情形。蘇槐的弟子膽怯地望望四周，小聲嘀咕道：

「莫非……是始皇陵中的惡鬼被咱們放了出來？」

「無稽之談！」季如風一聲冷哼，「不管是人是鬼，咱們這麼多人，有何懼哉？咱們現在就沿來路而回，我倒想看看，是什麼人在故弄玄虛。」

眾人與幾個倖存的侍衛合在一處，沿來路謹慎而回。

剛走出沒多遠，就見前方黑黝黝的曠野中，隱約出現了幾點綠瑩瑩的鬼火，在半空中飄飄蕩蕩，與之同時出現的，還有恍若來自地府幽冥的喃喃咒語，似刺耳銳嘯，又似眾鬼夜哭。

眾人心中雖有恐懼，但大多是經歷過生死一線的高手，並不為其所動，反而加快步伐往原路而回。

就見前方飄渺的鬼火漸漸多了起來，像是無形的活物般在眾人周圍飄蕩，漸漸迷亂了眾人的心智，眾人走了不知多久，卻始終沒有找到回去的路，反而只是在原地打轉。

「鬼打牆！一定是鬼打牆！」一個侍衛驚恐地大叫，剛經歷過不可理喻的怪事，再經歷眼前這詭異的情形，他的精神幾乎都要崩潰。

在前面開路的姜振山一聲大吼：「什麼人在此裝神弄鬼？有種的報上名來！」

喃喃咒語變成了滯澀的幽咽，像針一樣鑽入了眾人耳朵。幾個原本就有傷在身的侍衛，突然捂著耳朵發狂般大吼大叫，拼命掙扎著要衝向咒語傳來的方向，神情如癡如狂，若非義安堂幾個人拼命拉住，他們恐怕已跑得不知去向。

就算這樣，依然有一名受傷的侍衛跌跌撞撞地衝向前方那點點鬼火，跟著傳來他刺耳的呼號和慘叫，滲人心脾，在夜空中傳出老遠。

「鬼！一定是鬼！」一個義安堂弟子驚恐萬狀地大叫，「一定是我們將始皇陵中的厲鬼給放了出來，它們現在纏上咱們了！」

雖然眾人大多不信鬼神，但眼前這情形實在太過詭異，令人驚懼不敢向前。

只有任天翔神色稍顯從容，眼前這情形，讓他想起了在吐蕃遇到過的攝魂笛和鎮魂鼓，這來自黑暗深處的嘶啞咒語，與吐蕃黑教法師的骨笛和人皮鼓，似乎有相通之處。他示意眾人道：「大家不用驚慌，這只是一種以聲音亂人心智的邪門功夫，跟鬼神沒任何關係。如果能找到那念咒之人，便可破去這離魂陣。」

姜振山自告奮勇道：「我去！老夫倒要看看，是什麼邪魔外道在黑暗中搗鬼！」

任天翔心知姜振山在義安堂幾位長老中，雖不是武功最高者，卻也可排入前三，以他的武功即便不能擊斃念咒之人，自保應該沒多大問題。所以任天翔沒有反對，只叮囑道：「姜伯一切小心，若發現形勢不對，立刻撤回與大家會合，咱們再從長計議。我讓崑崙奴兄弟隨你同去，以防萬一。」

姜振山點點頭：「好！老夫去去就來！」

話音剛落，他已如大鳥般直撲鬼火最稠密之處，崑崙奴兄弟得任天翔叮囑，落後數丈緊跟在他身後。就見三人的身影漸漸消失在鬼火飄忽的夜幕深處，轉眼便無聲無息，無影無蹤。

像來自天籟的咒語漸漸消失，天地一片寂寥。除了偶爾的蛙鳴蟲唱，再聽不到半點聲息。

眾人等了片刻，不見姜振山和崑崙奴兄弟回來，褚剛高聲呼叫，依舊無人回應。任天翔頓時沒了主意，不由望向季如風。

就見這義安堂的智者收拈髯鬚沉吟道：「趁著現在周圍鬼火稀疏，咒語消失的機會，咱們趕緊沿來路往長安方向撤離。只要到了人群聚集的地方，我不信對方還能故弄玄虛。」

任天翔忙問：「咱們不管姜伯和崑崙奴兄弟了？」

季如風坦然道：「跟義字璧比起來，任何人都微不足道。咱們要先確保義字璧的安全，回頭再來找姜振山和崑崙奴兄弟。」

任天翔想了想，搖頭道：「崑崙奴兄弟從于闐追隨我以來，救過我無數次性命。咱們雖名為主僕，實則與兄弟無異，我不能就這樣丟下他們不顧。季叔既然如此看重這塊義字璧碎片，可以帶著它先撤往長安，我要帶我的人順著姜伯他們消失的方向追上去。今晚這來歷不明的敵人顯然也是為義字璧而來，他們沒有直接出手搶奪，卻要借助黑暗的掩護故弄玄虛，說明他們並沒有必勝的把握。如果咱們集中兵力追上去，未嘗不可與之一戰，而且現在天色將明，時間對咱們也十分有利。只要天色一亮，他們就無法再在黑暗中遁形。」

季如風見任天翔態度堅決，只得搖頭嘆道：「如今這情形，咱們最忌分頭行動，被人各個擊破。賢侄既然決定要追上去，我當然不會獨自撤往長安。」

「那好，咱們走！」任天翔一揮手，率眾向姜振山消失的方向追去。

黑暗中看不清周圍情形，只感覺腳下地勢漸漸陡峭，眾人已登上了一處山巒，從方位上看，應該是驪山無疑。

就見前方幾點飄飄忽忽的鬼火在林木中忽隱忽現，似在前面領路一般。眾人緊追在鬼火之後，漸漸來到半山腰，前方鬼火突然消失，面前出現了一座巍峨宏大的建築，像龐然巨獸般矗立在山坳中。

一個義安堂弟子燃起火絨小心翼翼上前一照，就見門楣上是三個大字——玉真觀！

任天翔不由「咦」了一聲，沒想到黑暗中誤打誤撞，竟然來到了熟悉的玉真觀。

不久前，他才在這裏第一次見到楊玉環，還有那個天真善良的小道姑慧儀，他無論如何也不相信，今晚那些黑暗中故弄玄虛的傢伙，竟然會跟玉真觀有關係。

見眾人就要上前砸門，任天翔忙示意大家不要魯莽。他獨自上前敲響門環，在黑暗中朗聲問道：「御前侍衛副總管任天翔到此公幹，求見宮妙子觀主！」

觀中無人應答，任天翔又叫了幾聲，黑暗中除了嗡嗡的回音，沒有任何聲息。在他的示意下，陸琴、蘇棋上前推門，才發現觀門虛掩，門扉在「咿呀」聲中緩緩打開，裏面黑黝黝幾乎伸手不見五指。

「今晚處處透著詭異，咱們不可貿然行事。」褚剛攔住想要率眾往裏闖的任天翔，沉吟道，「我先進去探個究竟，公子暫且在宮門外等候為上。」

任天翔想了想，搖頭道：「咱們不可再分開，以免讓人各個擊破。如果要進去，咱們就一起進去，要麼就在這玉真觀外打尖休息，等候天亮再做計較。」

季如風也附和道：「為安全起見，我看就在這觀外的樹林中打尖休息，等天明再入觀查看究竟。」

眾人再無異議，便在觀外背風處升起篝火，焦急地等候天明。經大半夜的驚恐和勞頓，幾名受傷侍衛的傷勢加重不少，現在總算能休息，幾個人便都疲憊地躺倒在篝火邊，褚剛和幾名義安堂弟子則在周圍警戒，以防暗藏的對手偷襲。

歇息不到盞茶功夫，就見火光將附近的蟲豸、飛蛾引了過來，不時有飛蛾撲入火焰，隨著「噗」的一聲輕響，變成一團飛舞的火團，爆出一股令人噁心欲吐的惡臭。

雖然飛蛾撲火是再自然不過的現象，但今晚的飛蛾也實在太多了些，就見無數大大小小的飛蛾前仆後繼，成群結隊不斷撲入篝火中，此起彼伏的燃燒聲，令人既噁心又感到詭異。

「不好！這些飛蛾有毒！」季如風最先意識到不妥，急忙示意大家遠離篝火。

但此時已有不少人著道，尤其那些躺在篝火邊受傷的侍衛，已經不能再站起。任天翔也感到頭暈目眩，渾身無力，若非陸琴、蘇棋攙扶，他只怕也落得跟那些受傷的侍衛一樣。

眾人勉強從篝火邊退開，卻聽到四野傳來沙沙聲響，循聲望去，就見草叢中不知何時鑽出無數不知名的蛇蟲蠍蛛等毒物，不少人嚇得面如土色。雖然大家不懼一刀一槍的生死相搏，但面對這無數蟲豸毒物，卻是心慌意亂，束手無策。

季如風身形一晃折回篝火旁，抄起一根燃燒的樹枝做火把，用煙火在前面開路。眾人立刻學著他的模樣，各抄火把對付周圍數不勝數的毒蛇蟲豸，就見那些蛇蟲在煙火熏熾下紛紛後退，讓出了一條通道。

但是那些不知名的飛蛾，卻是不懼生死地往火把上撲去，隨著一陣陣燒焦的糊臭，一團團黑煙在空氣中瀰漫開來，眾人不慎吸入一點，便感頭暈目眩，渾身發軟。但要熄滅火把，四周的蛇蟲又會源源不斷地圍上來，令人防不勝防。

季如風一看難以逃脫蛇蟲的包圍和飛蛾的攻擊，立刻撲向玉真觀大門，並對眾人喝道：「隨我來！」

眾人立刻緊隨其後，慌不擇路地奔向玉真觀，褚剛手舞火把，落在最後為眾人斷後。

一干人進得玉真觀，季如風選了間窗門緊閉的偏殿，撞開大門闖將進去，待眾人都進門後，趕緊關上殿門，將尾隨而來的蛇蟲和飛蛾盡數關在了門外。幾隻漏網進入偏殿的飛蛾，也被眾人攔手射殺。

偏殿結實堅固，蛇蟲飛蛾都無法進入，眾人這才稍稍鬆了口氣。直到這時任天翔才發現，安全退到這偏殿中的除了季如風和兩個義安堂弟子，自己身邊就只剩下陸琴和蘇棋兩個侍衛，包括褚剛在內的大多數同伴，都已經下落不明。

季如風撿起一隻尚在地上微微掙扎的飛蛾，仔細看了半晌，神情越發凝重。

那是一種眾人從未見過的飛蛾，豔麗的色彩透著一種莫名的詭異。任天翔雖然僅吸入一點毒氣，卻依然感到噁心欲吐，手足幾乎失去了知覺，整個身體也像不屬於自己一般的癱軟。

他使勁活動了一下手腳，感覺那種麻痹感在漸漸消退，這才忍不住問道：「這是什麼蛾子？居然帶有令人渾身麻痹的毒性？」

季如風搖搖頭：「我也從未見過，不過我想，這種飛蛾絕非自然生成，而是經過特殊的培育。有人利用了飛蛾撲火這種天生的習性，培育出了這種渾身帶毒的飛蛾，當牠撲入火焰燃燒起來後，毒煙便隨之擴散開來。幸虧這種新培育出的飛蛾毒性還不夠大，不然今晚咱們全都要著道。」

任天翔聽得暗自咂舌，忍不住問：「依季叔之見，咱們的對手會是什麼人？」

季如風皺眉沉吟道：「世間最善於用毒的除了九黎族的苗人，就是活躍在漠北和幽燕之地的薩滿教。尤其薩滿教巫師除了精通各種巫術，還精通各種咒語，善於以音亂魂，今晚咱們的對手多半就是他們。只是薩滿教一向只在漠北各族中流傳，很少履足中原，為何他們會突然出現在長安附近？」

任天翔一聽薩滿教之名，突然就想起張果老曾經也提到過這個名字。以張果老那幾近仙人的本事，也被薩滿教鬧得灰頭土臉，薩滿教之能可見一斑。他好奇心頓起，忍不住問道：「薩滿教究竟是個什麼樣的門派？比起中原的門派有什麼不同？」

季如風沉吟道：「準確地說，薩滿教不是一個門派，而是流傳於漠北各族中所有原始宗教的統稱。他們敬拜各種自然的神，許多教派並沒有文字傳承，而是靠巫師與弟子口口相傳。就最近二十年來說，薩滿教實力最強的一支，當屬活躍在蓬山一帶的蓬山派，他們地位最高的巫師被信徒們尊為蓬山老母。」

任天翔聞言心中一動，立刻想起張果老好像就說過，當年為追蹤女兒慧儀的下落，就曾追到關外的蓬山，與蓬山老母還打了一架，結果因為有傷在身而敗走，如此看來薩滿教還真是不可小覷。

就在這時，突聽門上傳來「咚咚」的敲門聲，陸琴一聲大喝：「什麼人？」門外卻無人應答，但敲門聲卻接連不斷。

幾個人交換了一個眼神，季如風讓兩個義安堂弟子去開門，而他與陸琴、蘇棋則在門後戒備，只等房門打開便同時出手，將敲門的傢伙一舉制服。雖然他們對薩滿巫師的各種陰謀詭計心懷忌憚，但要面對面地動手，他們自信不懼任何人。

兩個義安堂弟子在季如風暗示下，趁著門外敲門聲再次響起的同時，猛然將殿門打開。季如風與陸琴、蘇棋一衝而出，人未至，手中兵刃已往方才敲門聲傳來的方位招呼，三人配合得異常巧妙，從三個方位封住了敲門人所在的空間，無論從任何方向他都無從逃脫，就算不死也必傷在當場。

但是三人蓄勢已久的聯手一擊卻完全落在了空處，門外根本空無一人。不僅如此，放眼四下望去，也沒看到任何逃脫的人影。這一瞬間，三人額上冷汗涔涔而下，心中皆驚懼莫名。

三人皆是見多識廣之輩，知道憑方才聽到敲門聲後立刻開門的速度，沒有人可以從三人眼皮底下逃脫，這速度完全超出了人類的極限，直讓人懷疑是不是遇到了傳說中的鬼魅。

「鬼！一定是鬼！」兩個負責開門的義安堂弟子早已嚇得滿臉煞白，語無倫次地驚呼，「這……這一定就是傳說中的鬼敲門。」

季如風示意陸琴蘇棋退回殿中，然後令兩個義安堂弟子重新關上殿門。

誰知殿門剛關上不到一刻，就聽門上又傳來「咚咚」的敲門聲，季如風示意這次由陸琴、蘇棋二人去開門，由他出手突襲，他知道陸琴、蘇棋開門的速度，必定遠遠超過兩個武功平平的義安堂弟子。

陸琴蘇棋悄悄打開門栓，待門外再次響起敲門聲的瞬間，二人同時發力將殿門猛地拉開。季如風身形一晃從門縫中撲出門外，但見門外四野寂寥，哪裡有半個人影？他立刻感到頭皮發麻，渾身突然有種虛脫的感覺。緊隨而出的陸琴蘇棋也是滿臉煞白，莫非這敲門的真是山精鬼怪？

幾個人都在放眼四下搜索，以期找出暗藏在門邊陰暗處那裝神弄鬼的傢伙，只有任天翔在打量著兩扇厚重的殿門，然後伸出手指在門上摸了摸，然後湊到鼻端一聞，頓時釋然一笑：「原來如此！」

見眾人都不解地望向自己，任天翔舉起自己的手指：「是鮮血！我在一本雜書上看到過，將鮮血塗抹到門上，附近的蝙蝠聞到血腥味便會被吸引過來。蝙蝠撞到門上會發出『咚咚』的聲響，等你開門卻看不到半個人影，這就是傳說中的鬼敲門。」

話音剛落，就見季如風一抬手，一隻黑黝黝的蝙蝠立時從半空中墜落下來，卻是被季如風一枚金錢鏢射下。

眾人一見之下暗舒了口長氣，正待回屋關門，突聽遠處傳來一聲陰惻惻的冷笑：「義安堂果然有些能耐，這都嚇不倒你們。不過，如果把鮮血塗抹到這些人身上，不知會有什麼效果？」

話音剛落，就見偏殿前的天井周圍，突然亮起了慘綠色的燈火，借著那暗淡的火光，隱約可見有無數黑影被倒掛在三清殿的屋簷之下，眾人凝目一看，立刻認出是方才那些失蹤的同伴，姜振山、褚剛等人皆在其中。

就見他們一動不動，似是失去了知覺。在他們周圍，有無數黑色的身影在高速飛舞，像是黑夜中看不見的精靈。那是一群群的蝙蝠，數量是如此之多，不時發出如老鼠般「吱吱」的叫聲，令人牙根發酸，頭皮發麻。

「你們是誰？究竟想幹什麼？」任天翔高聲喝問。

「我們是誰並不重要，你只要知道，我們是為那塊埋藏在始皇陵中的玉片而來就行了。」那聲音忽左忽右，飄忽無定，讓人無從確認他的位置。

就聽他緩緩道，「你們的同伴全都在這裏，如果你想救下他們，就拿那塊玉片來換。」

任天翔正在猶豫，季如風已一聲冷哼：「如果你以為用這種卑鄙手段就能令我們屈服，那就打錯了算盤。」

「是嗎？那我就先試試。」話音剛落，就見一個身披五色彩衣、臉上戴著五彩鬼面的巫師，從屋簷上落到一名倒掛著的侍衛身旁，抬手就給了他腿上一刀。

刀口只有不到半寸深淺，鮮血緩緩從傷口中滲了出來。聞到血腥氣的蝙蝠立刻蜂擁而上，爭先恐後「吱吱」叫著撲向新割開的傷口。那侍衛立刻發出駭人的慘叫，身子拼命掙扎，但卻無法掙脫繩索的捆縛。那黑影接著又在他背上、胸腹各劃一刀，引來更多的吸血蝙蝠，就見他全身上下被吸血蝙蝠密密麻麻地包裹，慘叫呼救聲也漸漸弱了下去。

「住手！」任天翔見那巫師還想依法炮製，割開另一個侍衛的衣衫，他急忙喝道，「你先將我的人放了，我給你那塊玉片！」

那巫師一聲冷笑：「你當我三歲小孩？先將那塊玉片奉上，我們自會放了你的同伴。不然我就將他們一個個都餵了吸血蝙蝠。你也別妄想出手相救，你看看他們的上方。」

任天翔抬眼望去，就見每一個倒掛著的同伴上方的屋簷之上，都有一個戴著鬼臉面具的彩衣人，就算這些彩衣人武功平常，僅憑季如風和陸琴、蘇棋三人，要想救下所有人也是不可能。

任天翔在心中權衡片刻，回首對季如風無奈道：「看來，只有暫時將那塊玉片給他們，先救下姜伯和褚剛他們要緊。不過季叔請放心，不管他們是誰，我遲早會將這塊玉片追回。」

季如風想了想，朗聲對那巫師道：「閣下空口無憑，要咱們如何信你？可否先報上名號？」

那戴著鬼面的巫師一聲冷笑：「老夫又不想跟你們交朋友，沒必要扯什麼交情。現今這形勢，你以為還能跟老夫講條件談價錢？是你們自己將那玉片奉上，還是讓老夫先殺了你們的同伴，再費點手腳殺了你們奪回玉片？」

季如風還在猶豫，任天翔已悄聲道：「咱們今晚已經大敗虧輸，輸了就要認賠出局，改日再來翻本。要是不想認輸一味用強，只會越陷越深，直到輸得一乾二淨，再無翻本的機會。」

季如風在心中權衡半晌，只好拿出懷中那塊玉片，遺憾嘆息：「蘇槐兄弟以命換來的這塊玉片，還沒在我手中捂熱就要拱手送人，實在令季某心有不甘。」

任天翔正色道：「季叔你放心，我答應過你，一定會為你拿回這塊玉片。」

季如風點點頭，抬手將包著那塊玉片的包裹扔給了屋簷下那彩衣巫師。對方打開後仔細查看片刻，確認無誤後立刻對門人一招手：「我們走！」

四周那慘綠色的燈籠應聲熄滅，太真觀又恢復了原有的幽暗。

季如風急忙令義安堂弟子點起火絨，就見那些身著彩衣、戴著鬼面的傢伙已走得不知去向，屋簷下只留下一排倒掛著的人影。眾人急忙上前，將他們一個個放下來，就見除了那個被吸血蝙蝠吸盡鮮血的侍衛，其他人只是昏迷，並無性命之憂。

季如風與陸琴、蘇琪將他們一個個救醒，一問之下才知道，姜伯、褚剛等人都是被對方藥物所迷，根本沒機會與他們正面動手。幸好對方要以他們為人質換取那塊玉片，才沒有傷他們性命。

此時天色漸明，任天翔令陸琴、蘇棋清點人手，才發覺有兩名侍衛已遭不幸。一個是被對方咒語迷亂心智，被同伴誤殺，另一個則是餵了吸血蝙蝠，死得慘不忍睹。

這次任天翔帶來的侍衛雖然不多，但都是他十分信任的心腹。原本以為只是來盜個墓，哪想到會出這種意外，早知如此，他寧可一個不帶。

見幾個倖存者神情黯然，他忙上前叮囑道：「今晚的事，大夥兒要一致上報，就說咱們在追捕突力和其同夥的過程中，遭遇了對方的埋伏，經弟兄們英勇奮戰，終於擊潰了敵人的包圍，不過有兩名兄弟也因公殉職。」

他頓了頓，續道，「回去後，我會為大家請賞，除了朝廷的撫恤和賞賜，我會另外給遭遇不幸的兄弟每家一萬貫，給受傷的兄弟每人兩千貫，所有參與行動的兄弟每人一千貫，算是我個人的一點心意。」

「這怎麼行？」幾個侍衛急忙道，「給副總管辦事，咱們怎麼能要錢？」

任天翔抬手打斷了眾人的推辭，正色道：「我心意已決，大家不必再客氣。回去後，任何人不得再提今晚發生的事，不然，就不再是我任天翔的兄弟。」

幾個侍衛紛紛答應，信誓旦旦地保證。任天翔安撫完手下，這才回頭問褚剛等人：「玉真觀的人找到了嗎？她們是不是也遭了毒手？」

褚剛慶幸道：「她們只是被人迷倒，全部被關在後殿，沒什麼大礙。現在季如風已將她們救醒，誰知她們一問三不知，連如何被人迷倒都不知道。」

任天翔聽得暗自咂舌，雖然玉真觀並非以武功見長，但觀中弟子也大多習過武，多少都會點武功。誰知全觀上下被人迷倒而不自知，由此可見昨晚那幫來歷不明的傢伙，對於毒藥迷藥是何等的精妙。

看看再問不出什麼，任天翔只得帶著眾人先回長安。想幾天前眾人興沖沖而來，沒想到一夜之間便輸得一乾二淨，無奈鎩羽而回，心情自然都十分鬱悶。尤其這次還死了兩個兄弟，無論如何得向上稟報，沒法全部隱瞞。

任天翔讓褚剛給幾個侍衛分發了銀子，然後讓人將死難者給家屬送去，作為頂頭上司，他親自出席了兩名侍衛的葬禮，然後又親自寫奏摺，向聖上講明同僚遇難的經過，一連忙亂了數天，才稍稍從頹喪中解脫出來。

褚剛見他鬱鬱寡歡，便選些好消息告訴他道：「對了，小澤從洛陽送來最新的消息，說公子將陶玉減產九成，價格提高十倍後，生意反而火了。好些富豪之家都以陶玉作為款待貴賓的器皿，還有一些普通人家也不惜下血本來買陶玉，將之作為傳給後人的傳家之寶。我就不明白，這些人難道看不出陶玉根本不值那麼多錢？他們是不是都瘋了？」

任天翔似是早有預料，根本不覺驚奇。見褚剛十分疑惑，他笑著解釋道：

「據《呂氏商經》記載，人類社會的財富有種如吸鐵石般的屬性，就是不由自主地趨近和集中，表現出來就是財富最終會流向少數人，越有錢的人，對財富的吸力就越大，就像是一塊大的吸鐵石，總是會將它周圍的小吸鐵石都吸引到它身上來一樣。這就造成了少數人越來越富，而大部分人卻越來越窮的現象。」

褚剛疑惑地撓撓頭：「好像是這樣，但這跟咱們的生意有什麼關係？」

任天翔悠然笑道：「這個關係可就大了。明白了錢始終在向少數人手中集中，你就該知道，咱們必須將賺錢的目標放到這少數人身上。對這少數富甲天下的人來說，商品的價值不僅在於使用，而且還代表著一種虛榮和身分，錢對他們來說早已不是什麼問題。他們為了將自己和普通人區別開來，不惜多花十倍百倍的錢來炫耀。從大到府邸田莊，小到珠寶首飾，他們總是要處處顯得與眾不同，就是在飲食衣衫鞋襪這些地方，他們也願意比普通人多花十倍百倍的價錢。他們最關注的是商品的價錢，而不是品質。」

褚剛似有所悟，微微頷首道：「所以公子就故意將陶玉定一個高高在上的價錢，以吸引他們的目光？」

任天翔笑道：「陶玉一直是最好的瓷器，這個概念在人們心目中早已根深蒂固。雖然現在邢窯、越窯已造出了不遜於陶玉的瓷器，但這種品質差還微乎其微，唯一能將陶玉與它們區別開來的就是價錢。高高在上的價錢雖然放棄了廣大潛在的買家，但卻抓住了最有錢的那一小撮人，陶玉在人們眼裏，已經不是用來吃飯的器皿，而是用來炫耀的奢侈品，對於奢侈品來說，價格只代表人們對它的渴望，已經與它的品質關係不大。現在你明白為何與邢窯、越窯瓷器品質相差無多的陶玉，能夠賣出十倍於它們的價錢了？」

褚剛若有所思地點點頭，卻又不解地問：「那邢窯、越窯為何不能定個比陶玉還高的價錢？」

任天翔微微笑道：「這個原因主要有二，一是名聲非一兩天就能打造，陶玉能一鳴驚人成為最好瓷器的代稱，天時地利人和缺一不可；二是明白這道理的人萬中無一，就算明白這道理，也未必有這樣的機會去實踐。我也是讀了《呂氏商經》才開始明白這個道理。」

褚剛聞言笑道：「既然這《呂氏商經》如此神奇，有空我也得找來看看。」

正說話間，就見醜丫頭小薇興沖沖由外而來，還沒進門就嚷嚷道：「安慶宗送來請帖，說明日是他的生辰，邀請公子去府上一聚。公子也帶我去見見世面吧，整天關在這屋子裏，悶都悶死了。」

任天翔接過請柬展開一看，果然是安慶宗的邀請。想起上次戲言要介紹他妹妹給自己認識，想必這次聚會就是為此而設。

任天翔有些意興闌珊，正待推辭，褚剛忙道：「公子自驪山鎩羽而回，又死了兩個侍衛兄弟，一直鬱鬱寡歡，不如就趁這機會去散散心，將心中的煩惱暫時丟開。」

「是啊是啊！」小薇也急忙慫恿道，「公子就算是帶我去見見世面，也一定要答應。」

任天翔啞然笑道：「帶你去？你見過誰赴宴還帶個丫鬟隨行？」

小薇眼珠骨碌一轉：「帶個丫鬟不行，帶個小廝總可以吧？」

任天翔疑惑道：「小澤又不在我身邊，帶哪個小廝？」

小薇狡黠一笑：「你等著，我這就去帶他來見你。」說著一溜煙就跑得沒了影，弄得任天翔有些莫名其妙，不知道這丫頭在搞什麼鬼。

沒過多會兒，就見一個身材瘦小的少年快步而入，來到任天翔面前垂手請安道：「公子爺在上，小廝有禮了。」

任天翔先是有些詫異，不知府上何時多了個陌生的小廝，待仔細一看，不由啞然失笑：「你這醜丫頭，哪來那麼多鬼門道，你以為裝成個小子，本公子就認不出來？」

原來這小廝不是別人，正是小薇假扮。就見她大大咧咧地拱手拜道：「公子能認出來沒關係，只要旁人認不出來就行。就我這模樣和裝扮，誰知道我是公子爺的貼身小丫鬟？」

任天翔心中暗忖，自上次安慶宗說過將其妹介紹給自己後，就已經多次差人來請，自己要再推辭，多少有些說不過去。不過，要是自己應約赴宴，而他又真將他那個妹妹介紹給自己，還真有些不好應付。看安祿山這老小子的模樣，就知道他女兒不是無鹽就是夜叉，難怪二十多歲還沒找到婆家，自己要公然拒絕倒是令安慶宗臉上難堪，不如就將這丫頭帶在身邊，萬一安慶宗那個妹妹要給我死纏爛打，也好有個人幫我抵擋一二。

這樣一想，任天翔不再猶豫，對小薇點頭道：「帶你去也可以，不過你得依我三條。」

小薇忙道：「公子請講！」

任天翔沉吟道：「一，你不得干涉我喝酒賭錢找女人；二，我的話就是命令，你任何時候不得違抗，讓我出醜；三……三還沒想好，想好了再告訴你。」

小薇毫不猶豫地點頭答應：「好！我答應你！不過你也得答應我一件事。」

「你說！」

「就是任何時候都不要喝醉，不然我可背不動你。」

任天翔啞然失笑，與小薇合掌一擊：「一言為定！」

狩獵

第九章

小薇挑了一把象牙柄的小弓和幾支羽箭，突然縱馬迎了上去，人未至，手中三支羽箭已連環射出，就見一隻山雞和兩隻野兔應聲中箭。分別栽倒在地，幾個隨從不禁齊聲喝彩，立刻放狗去叼獵物。

驃騎將軍府的宴會，自然不是尋常人家可比，除了山珍海味、玉液瓊漿這些尋常之物，安慶宗還請來了長安城最有名的歌姬舞姬前來捧場助興，除了歌舞娛樂，還有將軍府的人設局開賭，各種玩樂應有盡有，熱鬧非凡。

任天翔對酒宴應酬和歌舞娛樂不感興趣，稍稍在宴席上應付了一回，便一頭扎到賭桌上，與一幫賀客和將軍府的家將賭得不亦樂乎。

其實任天翔平日對賭博也不是特別癡迷，只因前日害兩個侍衛丟了性命，而自己卻連對方是誰都沒查到，這讓他胸中憋著一肚子氣，只是答應了小薇不能喝醉，所以就只能在賭桌上發洩，從別人的失敗中尋找勝利的快感。

不到半個時辰，任天翔面前的銀兩錢票就堆得老高，也許失意之人偏在賭場上得意，他的手風出奇的好，加上他下注凶狠，沒多會兒就將坐莊那傢伙殺得血本無歸，只得將莊讓給了他。任天翔也不客氣，一把抄起骰子，意氣風發地對眾賭客喝道：

「本公子現在風頭正勁，不服氣的儘管下場，面前這堆銀子錢票，有本事的儘管拿去。」

善賭者都知道賭場上講究手風和氣勢，眾人見任天翔氣勢如虹，便都有些怯場，有兩個不服氣的賀客下了兩注試手，轉眼就被任天翔收了去。周圍的賭客便開始退縮，紛紛撤往另外的賭桌，反正這裏又不止任天翔這一桌，眾人本能地要避開風頭正勁的莊家。

「還有沒有人下場受死？」任天翔將骰盅搖得嘩嘩作響，顧盼自雄地放聲喝問，就聽有人淡淡應道：「小人來陪任大人玩幾把。」

任天翔定睛一看，就見一個青衫書生負手越眾而出，卻是將軍府的幕僚司馬瑜。

任天翔心中一凜，想起當初在哥舒翰軍營中，自己與之賭酒的情形，結果輸得莫名其妙，連對方怎麼贏的都不知道，他的氣勢不禁弱了三分。呵呵笑問：「馬師爺有興趣陪任某一博，那是再好不過，不知馬兄想怎麼賭？是押大小還是對擲？」

司馬瑜淡淡笑道：「既然是任大人坐莊，我自然是悉聽尊便。」

任天翔想起當初輸得莫名其妙，十分懷疑司馬瑜賭術精湛。既然如此，他當然不願與司馬瑜賭對擲，他將骰盅抄在手中，呵呵笑道：「那就由我來搖盅，你來押大小，不知馬師爺意下如何？」

司馬瑜微微頷首道：「沒問題，就不知單注多少封頂？」

任天翔估了估面前的銀兩錢票，大約在五千貫左右，便道：「單注就以我面前的賭資為限，就不知馬師爺有沒有魄力一把決勝？」

司馬瑜微微一笑：「任大人果然豪氣過人，令人欽佩。在下就陪大人玩一把心跳，就賭大人面前所有的賭注，一押決輸贏。」

「好！」任天翔意氣風發，信手甩開外袍，「今天這賭局，到了現在才算有點意思，本公子就陪馬師爺盡興豪賭一把。」

話音剛落，任天翔已抄起骰盅，以眼花繚亂的手法搖動起來，為了防止對手從骰子與盅壁碰撞聲中聽出規律，最終猜到停落的點數，任天翔將所有練過的手法都使了出來，但見骰盅在他手中有如活物般左右飛舞，引來周圍賭客陣陣喝彩。

雖然前來赴宴的賀客都不是普通人，但一把五千貫的賭注卻還是極其罕見，所以將許多人都吸引了過來。就是那些最癡迷的賭客，也都丟下自己的賭局圍到任天翔這一桌，心神緊張地關注著這場罕見的豪賭。

任天翔終於「啪」一聲將骰盅扣到桌上，抬手向司馬瑜示意：「請馬師爺下注！」早有驃騎將軍府的帳房將五千貫的錢票給司馬瑜送了過來，他毫不猶豫便將錢票推到賭桌中央：「我押小！」

在從容如常的司馬瑜面前，任天翔第一次感到心情有些緊張。倒不是在乎這五千貫錢的得失，而是眾目睽睽之下，他不習慣輸。但世事總是這樣，你越害怕就越是會發生。當任天翔小心翼翼揭開骰盅，周圍觀眾已搶先暴出：「一二三四點，小！」

任天翔心中一片空白，沒想到一天的好運被司馬瑜一把就連本帶利抄了去，令他心中十分不甘。

就見司馬瑜臉上並沒有一絲大贏之後的狂喜，只淡淡笑道：「任大人手風好像轉了，今天就到此為止吧。」說著便示意一名家將收錢。

「等等！」任天翔紅著眼道，「就這一把豈能過癮，我還想再跟馬師爺賭上幾把。」

司馬瑜尚未開口，幫任天翔打下手的小薇忙低聲道：「公子爺別再賭了，咱們已經沒賭本了。」

任天翔呵呵笑道：「憑著我國舅爺的名頭，怎麼也能值個三、五萬貫。如果有人信不過，我可以將這柄御賜的尚方寶劍暫且押在這裏。要是輸了，我回頭再帶錢來贖劍。」說著解下腰間佩劍，「啪」一聲拍在桌上。

人叢中立時響起一陣議論和驚呼。還從來沒有人敢將尚方寶劍押上賭桌，當然，也從來不會有人敢收下這樣的抵押。

就見司馬瑜沉吟了片刻，緩緩道：「如果任大人真要盡興一賭，可否隨我去內堂的靜室，就咱們兩人，可以放手一博。」

任天翔慨然應允：「好！請馬師爺帶路。」

不顧小薇和褚剛的阻攔，任天翔獨自隨司馬瑜來到後堂一間靜室。就見司馬瑜仔細關上房門，將所有的熱鬧和喧囂關在了門外，這才回頭對任天翔道：「我見今日任兄弟下注凶狠，手風奇順，便知兄弟心思其實並不在賭。再加上你眉宇間隱有憂色和抑鬱，便知你心中其實是藏有心事，這事若不能化解，就算贏再多銀子也沒用。」

任天翔心中微凜，突然想起這司馬瑜與李泌一樣聰明，都極善察言觀色，能根據不起眼的線索判斷推理，自己心事竟讓他給看了出來。任天翔哈哈一笑：「既然兄長猜到小弟有心事，不知可否能猜到我心中所藏何事？若能猜出，便算我輸。」

司馬瑜搖搖頭：「我不想跟你再賭，以兄弟此時的心態，若不輸到傾家蕩產絕不會收手。我特意將你帶到這靜室，並不是要趁人之危跟你繼續賭下去，而是想知道兄弟究竟遇到什麼為難之事？為兄雖然人微言輕，但以安將軍的實力，也許可以幫得到你。」

任天翔心中一動，想起安祿山手下精兵強將無數，也許以他們的本事能找出那幫搶去義字璧殘片的傢伙。但是他知道這世上沒有免費的午餐，不由反問道：

「安將軍是有事要我幫忙吧？」

「聰明！」司馬瑜頷首笑道，「安將軍早就想離開長安這是非之地，但一直不能如願，這事也許只有兄弟才幫得上忙。如果安將軍能幫兄弟解決眼下的難題，不知兄弟是否願意也幫將軍一把？」

任天翔啞然笑道：「你都不知我為何事煩惱，就貿然宣稱能幫我？」

司馬瑜頷首道：「如果安將軍都幫不上忙，那這世上，只怕你也再找不到第二個人幫忙了。」

這話雖然說得極其自信，但任天翔知道安祿山確實有這本事。而且那晚襲擊自己搶去義字璧殘片的傢伙，很可能就是來自幽燕和漠北的薩滿教徒，而安祿山的駐防地正是在幽燕，緊鄰漠北，也許他真知道那些人的下落也說不定。

想到這，任天翔不再猶豫，將那晚被一幫神秘詭異的巫師搶去一塊玉片的遭遇撿要緊的部分草草說了一遍，最後道：「如果你能幫我找回那塊玉片，我必定竭盡所能幫安將軍離開長安，至於能不能成功，我可不敢保證。」

司馬瑜欣然道：「只要兄弟盡了心力，為兄便感激不盡。兄弟放心，如果那幫來歷不明的傢伙真是來自幽燕的薩滿教弟子，安將軍一定能查到他們的下落。」

任天翔點點頭，正要答應，突聽門外傳來安慶宗的呼喚：「任大人在哪裡？」

門外的丫鬟趕忙打開房門，就見安慶宗興沖沖來到任天翔面前，挽起他就走，邊走邊解釋道：「舍妹剛外出遊玩回來，早聽說任大人之名，一定要敬大人一杯，還望大人莫要推辭。」

任天翔被逼不過，只得隨他來到後堂，就見後堂中早已排下一桌豐盛的酒宴，席間除了安祿山和幾名內眷，還有一位雙十模樣的女子，生得英姿颯爽，俊俏可人。

就聽安慶宗興沖沖地介紹道：「這是舍妹安秀貞，秀貞，這就是長安城大名鼎鼎的御前侍衛副總管，任天翔任大人。」

任天翔十分意外，沒想到肥胖如豬、醜陋如牛的安祿山，竟然有個如此漂亮的女兒，完全不像是親生父女。尤其安秀貞那雙毫無羞澀之態的清亮眼眸，反而令任天翔有些心慌意亂，不知該先拜見安祿山，還是先拜見安小姐。

正猶豫間，安祿山已將他按到座位上，呵呵笑道：「這是尋常家宴，席間都是我至親之人，任大人就不必拘泥官場禮數，一切隨意就好！」

任天翔只得勉強落座，才發現席間除了安祿山和他的幾個寵妾，就是他一雙兒女，只有自己是唯一的外人，顯然對方的意思再明白不過。

此時，任天翔心中已經沒有原來那種本能的抗拒，畢竟這安小姐的容貌舉止大大出乎他的預料，已經給他留下了極好的印象，尤其她那異於中原女子的清澈眼神，不矯柔、不造作，天真自然得如同孩童，讓他也油然生出了幾分好感。

「我這女兒從小喪母，一直就跟著她奶奶長大，安某一向疏於管教，若有何失禮之處，還望任大人多多擔待。」安祿山言辭謙虛，不過言語中卻顯然有一絲做父親的滿足和驕傲。

任天翔聽說安秀貞也是從小喪母，心中油然生出一絲同病相憐的感情，忙道：「安將軍多慮了，卑職也是從小喪母，反而比同齡人更知道世情冷暖，世態炎涼。失去母親溺愛的孩子，總是比同齡人要成熟懂事許多，也堅強許多。」

安祿山聞言，連連點頭：「這麼說來，任大人與小女的身世倒是有幾分相似，你們一定會有許多共同語言。小女初來長安，人地生疏，不知任大人可否在公務之餘，為她在長安做個遊玩的導遊和同伴？」

任天翔偷眼打量安秀貞，見她臉上神情無動於衷，看不出她心中所想，他不禁猶豫起來：「這個……安小姐金枝玉葉，在下只怕不夠資格做這護花使者。再說男女結伴遊玩，難保不會被閒人議論，卑職倒沒什麼關係，就怕對小姐的清名有損。」

「任大人多慮了！」安祿山哈哈一笑，「咱們胡人哪像你們唐人這般有諸多規矩，別說男女結伴遊玩，就是同住一個帳篷也不相干。什麼男女授受不親之類的屁話，在咱們胡人眼裏根本不值一提。想男女之間若不接觸瞭解，怎麼能知道誰才是自己情投意合的意中人？」

任天翔雖然閱人無數，但對胡人這種風俗還是頭一次見到，不由吶吶地說不出話來。

就在這時，突聽門外隱約傳來一陣喧囂和爭吵，安祿山眉頭一皺，高聲喝問：「外面何事喧囂？」

一個家丁忙來到雅廳門外稟報：「有個小廝自稱是任大人的伴當，久不見任大人出來，便要闖進來尋人。咱們雖然將他擋在了內堂之外，但他依然在門外嚷嚷。」

任天翔立刻猜到是假扮成小廝的小薇，他忙對安祿山道：「那是隨我同來的小廝，有些不懂規矩，讓將軍見笑了。」

安祿山捋鬚笑道：「既然是任大人的伴當，就讓他進來吧。他這也是護主心切，以為有人要對大人不利呢。」

家丁得到指示，忙出門去放人，少時就見小廝打扮的小薇，急匆匆闖了進來，一進門就發現內堂中只是一桌家宴，只有寥寥幾個人，與外面的熱鬧喧囂形成了鮮明的對比。

不過目光敏銳的她，很快就看出了一絲端倪，因為內堂的酒席只有任天翔一個外人，而且同桌的除了安祿山和他幾個寵妾，還有一個胡女打扮的美貌少女，淳樸天真，宛若來自大草原的野百合。

「公子，咱們該回去了。」小薇撅著嘴氣呼呼地道，「褚剛大哥已派人來催了兩次，想必是有什麼要緊事要公子回去吧？」

任天翔皺眉道：「什麼事情這麼著急？酒宴才剛開始，不能等完了再走？」

小薇冷哼道：「我知道你的錢肯定已經輸光，輸了錢不要緊，我怕你將魂都輸了。」

任天翔心知是這心思敏銳的小丫頭在吃醋，不禁大為尷尬，為怕安祿山看出小薇女扮男裝，又怕她說出更出格的話來，他只得起身告辭：

「府中或有公事，卑職得先行告退。多謝安將軍和安兄的款待，這酒咱們以後再喝。」

「既然任大人有公務，咱們不敢耽誤。」安祿山說著，轉向一對兒女，「慶宗、貞兒，替我送送任大人。」

待安慶宗與安秀貞將任天翔送出門後，安祿山擺擺手，幾個侍妾知趣地退了出去。就見後堂屏風內施施然轉出一人，正是將軍府最年輕的幕僚司馬瑜。

安祿山抬手將酒杯摔在地上，憤憤道：「想我安祿山一生敬拜的不是提攜自己的恩人，就是縱橫天下的大英雄，誰知今日竟然要對一個紈褲混混刻意籠絡，連他身邊一個小廝也敢在我府中放肆，真是氣死我也！」

「將軍息怒，小不忍則亂大謀。」司馬瑜淡淡道。

「忍忍忍！」安祿山怒氣沖沖地道，「安某英雄一世，竟給這混混磕頭認他做舅舅，我忍了；安某堂堂一品驃騎大將軍，三府節度使，竟要看一個四品弄臣的臉色，這我也忍了；你要我讓貞兒以美色籠絡這小子，我也忍了，你還要我忍多久？」

「將軍不會再忍多久！」屏風後突然響起一個嘶啞的聲音，跟著就見一個身披五彩長袍的薩滿巫師從屏風後轉了出來。

安祿山一見之下大喜過望，驚喜道：「朗傑法師，你、你怎麼會來到長安？我母親她老人家可還安好？」

「師尊身體康健，安將軍勿需掛念。」那帶著猙獰鬼面的薩滿巫師啞著嗓子道，「將軍滯留京師長久未歸，師尊擔心將軍安危，特差弟子隨小姐來到長安，伺機協助將軍離開這凶險之地。為防止走漏消息，朗傑沒有率門人弟子前來拜見將軍，只是遵從馬師爺的吩咐，在長安郊外埋伏，近日總算有所收穫。」

說著，朗傑從懷中拿出一個小小的包裹，小心打開遞到安祿山面前。

安祿山接過一看，卻是一塊不起眼的墨玉碎片，他不解皺眉問：「這是什麼？」

「這是義字璧殘片，是義安堂代代相傳的聖物。」司馬瑜緩緩解釋道，「它出自千年前的墨子之手，後因秦始皇的追查而裂為七塊，之後再沒有復原過。它不僅是墨家弟子心中的聖物，還是找到墨子墓的關鍵。它對任天翔和義安堂來說都非常重要，有了它，我們就可讓任天翔和義安堂為將軍所用。」

安祿山似懂非懂地抬頭問：「你是說，我可以用這個與任天翔做交易？」

司馬瑜點頭笑道：「我已經暗示過任天翔，我可以找到這塊義字璧殘片，只要他想法子讓將軍離開長安，這塊義字璧殘片就歸他了。」

安祿山沉吟道：「墨子墓中有什麼？」

司馬瑜聳了聳肩：「誰知道？有可能是數之不盡的金銀財寶，也有可能只是一些墨家的經典。墨家雖以不攻聞名天下，卻精通各種武技和戰術，也許墨子墓中還藏有墨家兵法也說不定。」

安祿山若有所思地點點頭，突然笑道：「我對這墨子墓也非常感興趣，有沒有辦法既讓我平安離開長安，又拿到墨子墓中的東西？我是不是太貪心了一點？」

司馬瑜微微笑道：「安將軍以國士之禮待我，又委以我軍師的重任，就是要我去做這些看似不可能的事。將軍盡可放心，我胸中已有萬全之策，既可讓你平安離開長安回范陽，又能順利拿到墨子墓中的東西。」

安祿山鼓掌大笑：「有軍師這句話我就放心了，這塊義字璧碎片就交由你處理。無論你有何計畫，我都會全力支援。」

「多謝將軍信任，我不會讓你失望。」司馬瑜將那塊從秦皇墓中盜出的義字璧殘片仔細收好，然後向安祿山告辭。剛出門，就見安秀貞送了任天翔回來，他正要低頭回避，卻聽安秀貞幽幽道：「馬師爺，你跟我來。」

落後安秀貞兩步，司馬瑜隨她來到僻靜的後花園。

就見她突然回頭凝望著司馬瑜的眼眸，幽幽嘆道：「我知道，讓我接近那小色鬼是出自你的主意，我想知道為什麼？」

司馬瑜咽了口唾沫，逐字斟酌道：「因為，那小子是將軍能否平安離開長安的關鍵。你是安將軍的掌上明珠，理應為他分憂，讓你去籠絡那小子，也是不得已而為之。」

安秀貞以異樣的目光望著司馬瑜，幽幽問：

「難道你沒感覺到，其實我心中已經有了喜歡的人，他才華橫溢，瀟灑英俊，對我始終彬彬有禮，跟那個第一次見面就色迷迷盯著我看的小色鬼比起來，簡直就是你們唐人書中所寫的謙謙君子。你要我放棄這樣的君子，卻去跟那姓任的小色鬼廝混，你忍心嗎？」

司馬瑜默然片刻，無奈嘆道：「其實，我又何嘗忍心讓小姐受這樣的委屈，但是安將軍於我有知遇之恩，若不能儘快助他離開長安，我始終寢食難安。小姐乃將軍掌珠，想必也有為將軍分憂之心，我相信你的心上人若是明白你的苦衷，一定會理解並支持。」

安秀貞眼中閃過一絲異樣的神采，聲若蚊蟻地悄聲道：「其實，我也想為父兄分憂，但又怕他誤會。如果他能理解我的苦衷，那我會非常開心，如果是他要我去，我必定毫不猶豫。你說，他會讓我去嗎？」

司馬瑜輕輕點了點頭：「如果他信任你，就必定會支持你。」

安秀貞如釋重負地舒了口氣，仰望虛空喃喃道：「那好，我明天就約那小色鬼去郊外打獵，與他虛以委蛇，他若對我以禮相待也就罷了，他要敢對我無禮，我定要他吃些苦頭。」

深秋九月，鹿肥兔壯，正是出獵的好時候。不過，任天翔不打獵已經好多年了，所以當見到一身獵裝的安秀貞突然上門來約他打獵，讓他十分意外。

不過待見到一身粉紅獵裝的安秀貞那颯爽英姿，他就毫不猶豫答應下來，正準備要換身俐落的衣衫隨安秀貞出門，卻見小薇也換了身獵裝來到面前，直言不諱道：「我也要去！」

「你？」任天翔啞然失笑，「你去做什麼？你會打獵嗎？」

小薇狠狠地瞪了他一眼：「我不僅會打獵，還能防止你讓人給打了。」

聽她話裏有話，安秀貞忍不住笑問：「這位小姑娘怎麼稱呼？是任公子什麼人？」

小薇坦然道：「我是我家公子的貼身丫鬟，公子的事我也做得半個主。」她尤其將「貼身」二字加重了語氣，是人都能聽出其中的意思。

安秀貞露出恍然大悟的表情，不以為意地笑道：「那就隨咱們一起去吧，反正打獵也是人越多越熱鬧。」

任天翔狠狠瞪了這不識趣的醜丫頭一眼，心中開始暗自懊悔將她留在身邊，真是醜人多作怪，讓人防不勝防。不過想起她曾經無數次幫過自己，任天翔倒也不忍令她難堪，只得對她叮囑道：「要去可以，不過我卻不能分心來照顧你，要是遇上豺狼虎豹被叼了去，可別怨我沒提醒你。」

「嚇我？」小薇毫不示弱，「就算遇到豺狼虎豹，牠們也只叼那些色令智昏的糊塗蛋，像本姑娘這樣心地善良、美若天仙的好姑娘，就算是豺狼虎豹也不忍心下口。」

任天翔「撲哧」失笑，急忙令崑崙奴兄弟備馬，不敢再與這醜丫頭鬥口。他知道一旦開了頭，這丫頭嘴裏不知會吐出多少驚世駭俗的言語。

帶上小薇和崑崙奴兄弟，追上安秀貞和她那幾個隨從，一行人縱馬直奔位於城東的通化門，出通化門三十里便是驪山，其山腳一直到山腰有大片的皇家獵場，尋常人別說在此打獵，就是在此拾點蘑菇鳥蛋都要受罰，不過這難不倒任天翔。憑其御前侍衛副總管的身分，隨便找個藉口說是為皇上打點野味，看場的兵卒誰又敢為這點小事去找皇上證實？

安秀貞和她所帶的幾個隨從顯然都是打獵的老手，就見幾個隨從先是放狗將藏在草叢和灌木中的麋鹿野兔給攆出來，然後幾名隨從縱馬包抄，將麋鹿野兔向安秀貞所立之處趕過來。

就見安秀貞手拈狼羽箭，突然縱馬而出，迎上驚惶奔來的麋鹿野兔，突然開弓發箭，就見羽箭如流星，準確地釘入打頭一隻麋鹿的咽喉，跟著她又追上四散奔逃的獵物連發兩箭，就見一隻野兔和一隻山雞應聲倒在箭下，立刻被幾隻獵狗爭先恐後地叼了回來。

安秀貞調轉馬頭慢悠悠折回原地，對目瞪口呆的任天翔笑道：「任大人乃御前侍衛副總管，想必也是弓馬嫻熟，武功精湛。還請任大人露上一手，讓秀貞學習學習。」

任天翔騎馬還湊合，要讓他拉弓射箭卻是強人所難，正不知如何應對，就見小薇突然站了出來，不以為然地道：「這拉弓射箭、打獵馴狗的粗活，一向是由我們這些沒什麼教養的下人來幹，哪輪到我家公子親自出手。況且我家公子一向宅心仁厚，從不忍心傷害小動物，豈能為自己一時之快，就肆意射殺那些無辜的生靈。」

安秀貞奇道：「既然不願傷害無辜的生靈，又何必來打獵？」

小薇笑道：「就讓你見識一下咱們是如何打獵。」說著她轉向崑崙奴，「兩位崑崙哥哥，幫我攆起獵物。」

崑崙奴兄弟交換了一個眼神，立刻分左右兩個方向，向前方的灌木叢包抄過去，二人雖是赤足奔行，但速度一點也不亞於奔馬，就見一群群山雞、野兔、麋鹿被二人從灌木叢中攆了出來，向小薇所立之處驚惶奔來。

小薇挑了一把象牙柄的小弓和幾支羽箭，突然縱馬迎了上去，人未至，手中三支羽箭已連環射出，就見一隻山雞和兩隻野兔應聲中箭。分別栽倒在地，幾個隨從不禁齊聲喝彩，立刻放狗去叼獵物。

誰知幾隻狗剛跑到近前，就見方才剛中箭的兩隻野兔和一隻山雞，又突然活蹦亂跳地四散奔逃，將幾隻獵狗嚇了一跳，就這一瞬的猶豫，那兩隻野兔和一隻山雞已逃得沒了蹤影。

安秀貞見狀啞然失笑：「小薇姑娘箭法是極準，就可惜力道差了點，到手的獵物也只好眼睜睜看著牠跑了。」

話音剛落，就見一名隨從已將方才射出的箭撿了回來，呈到安秀貞面前道：「難怪那些獵物中箭後還能逃脫，原來這位姑娘折去了箭頭，只剩箭杆。」

安秀貞這才發現，小薇方才射出的三支羽箭，已經沒了箭頭，只剩光禿禿的箭杆。

就聽小薇不以為然地笑道：「打獵原本只是玩樂，何必一定要傷害那些可愛的小生靈？有一隻麋鹿加一隻野兔和一隻山雞已經夠咱們下酒，何必還要多傷無辜？」

安秀貞深以為然地點點頭：「小薇姑娘所言極是，秀貞受教了！」

任天翔沒想到小薇這其貌不揚的醜丫頭，不僅機靈過人，還精擅騎射，不僅免了自己在美人面前出醜，還幫自己掙了個天大的面子。他忍不住湊到小薇跟前悄聲問：「你啥時候學會的騎馬射箭，我怎麼從來沒聽你說過？」

小薇悄聲笑道：「我爺爺有個學生最擅長騎馬射箭，我從小就跟他學過，原本只是學著玩，沒想到今天竟派上了用場。」

任天翔滿心歡喜，忍不住在她臉上擰了一把：「今天你立了一次大功，回去本公子要好好賞你！」

幾個隨從升起篝火，然後就在溪邊將剛射殺的獵物開膛破肚，然後抹上隨身攜帶的油

鹽香料，最後放到篝火上燒烤。

不一會兒，鹿肉兔肉就吱吱地冒出濃郁的香味，令人饞涎欲滴。眾人便在篝火邊就著初升的月光喝酒吃肉。

看到頭頂的月亮將圓未圓，任天翔突然想起摩門首座大雲光明寺是在這個月十三日開寺，算來就在明天。他忙問身旁的安秀貞：「不知安小姐明天有沒有別的安排？」

安秀貞搖搖頭：「我從不預先安排自己的日子。」

「太好了！」任天翔借機道，「明天是摩門首座大雲光明寺開香立堂的日子，咱們一起去看看熱鬧吧？」

安秀貞猶豫了一下，最終還是微微點了點頭：「好！」

任天翔大喜：「我明天午時去接你，一言為定！」

「我也要去！」一旁的小薇原本正大快朵頤，聽到二人對話，立刻扔掉手中那半隻兔子，顧不得抹抹油膩膩的嘴便嚷嚷起來，「我也要去看熱鬧，順便給我死去的爹娘上炷香許個願。」

「你？」任天翔頓時頭痛，眼珠骨碌一轉想將小薇支開，便道，「你要上香許願，還是去道觀和佛廟最是靈驗，摩門拜的是光明神，跟你爹娘信的菩薩神仙不搭界。」

「不！我就要跟你們去光明寺。」小薇撅著嘴賭氣道。

「你為什麼一定要跟著我？」任天翔氣沖沖地質問。

小薇一本正經地道：「因為新開的寺廟都有狐狸精，我怕她將你的魂魄勾了去。」

「狐狸精？」安秀貞天真地問，「那是什麼動物？跟狐狸長得像嗎？」

小薇正色道：「狐狸精一般都長得非常好看，而且還十分聰明，不過卻懷著一顆害人的心。以後秀貞姐姐遇上可得提防著點，因為這世上不光有女狐狸精，還有男狐狸精。」

任天翔偷眼望向安秀貞，見她神情茫然，似乎並沒有聽懂小薇話中之話。生怕小薇再說出什麼讓人難堪的話來，任天翔急忙截住她的話頭：「好了好了！明天我帶你去便是，不過你不能再說什麼狐狸豺狼之類的渾話來嚇人，不然我要你好看！」

「遵命！」小薇頓時歡呼雀躍，「我不說狐狸精了，改說美女蛇行不行？」

任天翔一時語塞，氣得差點背過氣去。

在悠揚肅穆的號角聲中，新建成的大雲光明寺，緩緩打開了它那厚重威嚴的大門。就見身著素衣的摩門弟子分列兩旁，恭迎前來參加開寺大典的眾多貴賓和香客。

任天翔身著便服，帶著安秀貞和小薇二女，跟在褚剛和崑崙奴兄弟身後，隨著一幫湊熱鬧的人群好奇地進入了寺廟中。

但見光明寺中雖然也供有韋陀、門神等鎮守山門，但大殿之中供奉的不是菩薩或神仙，而是大明尊與創始人摩尼。不少人對大明尊和摩尼俱是一無所知，便都好奇地聽摩門法師講解光明教的起源、來歷和教理。

任天翔剛開始還聽得興致勃勃，但片刻後就興趣索然，因為他對所有無法證實的神話，都有一種本能的懷疑和抗拒。

幾個人在光明寺中逛得一個多時辰，雖然光明寺占地不小，不過一個多時辰也就幾乎全部走遍，任天翔好奇心漸去，正想提議離開，突聽寺中鼓樂齊鳴，有摩門教徒高聲宣布：「大教長拂多誕即將登壇，敬請大家聆聽大教長妙語說法。」

話音剛落，就見兩隊教徒魚貫而入，將大殿前方的高臺給圍了起來，顯然是要防止拂多誕遭遇眾人的過分熱情。安秀貞見狀，不由小聲嘀咕道：

「這摩門大教長究竟是何等人物，架子和排場倒是不小。」

任天翔雖然曾遠遠見過拂多誕幾次，卻也不敢說對他有任何瞭解，見安秀貞動問，他不禁悄聲道：「這摩門東方大教長名叫拂多誕，好像是個波斯人，以他的行事，這點排場根本不算什麼。」

小薇在一旁冷笑道：「公子不用感到奇怪，漠北邊疆出來的鄉下人，恐怕還沒有見過真正的大排場呢。」

安秀貞再好的脾氣臉上也有些掛不住，忍不住就要反譏相諷，任天翔急忙圓場道：「好了好了，咱們聽聽這大教長說些什麼，我對他還真是充滿了好奇。」

說話間就見一個捲髮披肩、眉高目深的波斯老者，緩緩登上了高高的講經台。他在講經台中央的蒲團上緩緩坐下，不怒自威的目光往四下一掃，台下眾人便不由自主停止了竊竊私語和紛紛議論，盡皆將目光集中到拂多誕臉上來。雖然他至今尚未開口說一個字，卻已經用神態舉止和威嚴目光征服了所有人，令人不敢對他有絲毫的冒犯。

鼓樂聲停了下來，偌大的光明寺一片寂靜，都在等著面前這從未聽說過的摩尼教東方大教長，登壇開口說法。就聽拂多誕清了清嗓子，操著還不太流利的唐語朗聲道：「多謝諸位光臨敝寺，令敝寺蓬蓽生輝。本師拂多誕，忝為摩門東方大教長，很榮幸能與大家談經論道。」

話音剛落，就聽台下有人高聲喝問：「大教長新寺開香，不知拜過碼頭沒有？」

拂多誕有些莫名其妙，朗聲反問：「拜什麼碼頭？」

人叢中響起幾個人戲謔的哄笑，就聽方才那人笑道：「連拜碼頭都不知道，大教長居然敢在長安開壇傳教？」

任天翔循聲望去，認出那是長安城有名的混混，綽號「長安之虎」，仗著家裏有點背景，加上學過一陣拳腳，便糾集了一幫無所事事的地痞流氓，專門在長安東西兩市勒索商賈財物，漸漸發展成一個新近崛起的幫會。

那幫會雖不及義安堂和洪勝幫有名，卻也是長安城一股不小的勢力。他們今日顯然是有備而來，多半是來砸拂多誕的場子。任天翔不禁幸災樂禍地對安秀貞和小薇小聲道：

「有真正的熱鬧可瞧了，咱們今日總算不虛此行。」

明尊

第十章

眾人再次鼓掌叫好，紛紛將目光轉向盧大鵬。

就見盧大鵬神情詭異地立在當場，目光癡迷地望向虛空，

突然以一種不類真人的聲音嘶啞高呼：

「火！火！我看到了真正的烈火，還有烈火中的大明尊……」

拂多誕顯然已看出對方是在故意找碴，不以為意地淡淡問：「老朽初來長安，不知開寺傳教還需拜碼頭，請容我今日開寺大典之後，回頭再拜上你們當家可好？」

那混混嗤笑道：「既然大教長這麼說，也不是不可以，不過，得先回答我幾個問題。」

拂多誕淡然道：「請問！」

那混混問道：「不知貴教所拜之光明神，與釋迦牟尼和太上老君這些神仙比起來，誰的法力更大？它會不會庇佑祂的信徒和追隨者？」

拂多誕肅然道：「每一種教派都有自己各自敬拜的神靈，在不同的教徒眼中，自然是自己敬拜的神靈才是正統。光明神乃世間創始之神，為拯救天下蒼生免墜黑暗和魔道，召喚了祂的兒子摩尼來到人間，由摩尼傳下光明教以拯救天下，所以本門也稱摩尼門或摩門。如果信徒虔心奉教，自然會得到光明神的庇佑。」

那混混追問：「如何證明？」

拂多誕皺起眉頭反問：「你想要怎樣的證明？」

那混混呵呵笑道：「大教長乃摩門高級神職，自然也是光明神最虔誠的追隨者，想必深受光明神眷顧和庇佑，根本不懼咱們凡人的威脅和攻擊。我想在大教長身上試試拳腳，如果大教長不躲不閃依舊毫髮無損，我便信你所說，不然我就要對世人宣布，大教長不過是妖言惑眾，空口白話而已。」

話音剛落，就惹得摩門眾弟子群情激奮，立刻有不少人向拂多誕請戰，要將這幫鬧事的混混趕出光明寺。

卻見拂多誕擺擺手，令眾弟子盡皆閉嘴後，才緩緩道：「光明神對於冒犯它威嚴的異教徒，一向是冷酷無情，你若向摩門高級神職人員出手，就是在冒犯光明神的威儀，必受嚴酷懲罰，我勸你還是不要試了。」

那混混呵呵大笑道：「我盧天鵬既敢號稱長安之虎，難道是被人嚇大的？大教長若是不敢站出來證明光明神的存在，我看你以後也別在長安傳教了，收拾包裹滾回你波斯吧。」

任天翔有些驚訝這小子如此魯莽狂妄，居然能活到現在，他將目光轉向盧大鵬周圍的人群，立刻在其中發現了一張熟悉的面孔。是那個契丹少年辛乙，在他身旁還有個鬚髮花白的老者，模樣依稀與那日在自己府上受傷的驃騎將軍府武師趙博有幾分相似，二人顯然是父子。此刻他正與辛乙冷眼關注著事態的發展。

任天翔一見之下恍然醒悟，這定是北燕門掌門不甘心自己兒子重傷在摩門弟子之手，所以買通和鼓動「長安之虎」盧大鵬在摩門開寺大典上挑釁，以觀其實力，並伺機為兒子報仇。

猜到其中究竟，任天翔興奮莫名，忙湊到安秀貞跟前小聲道：「待會兒真有大熱鬧可瞧了，要是發生了騷亂，你千萬不要慌，只要跟著我便萬無一失。」

小薇湊過來問：「說什麼悄悄話呢，還要躲著我？」

任天翔雖然恨不得將這不識趣的醜丫頭踢一邊去，但又怕待會發生騷亂，她一個弱女子不定有多危險，便將她拉到自己身邊，沒好氣道：「別亂跑，跟著我，丟了我可沒功夫找你。」

小薇乖乖地點點頭，趁機抓住任天翔的手：「好！從現在起，你別想再丟下我！」說話間，就見盧大鵬一個縱雲踢掠過眾人頭頂，穩穩落到拂多誕講經的高臺，引來眾人一陣喝彩。

就見他得意洋洋地對四周人群團團一抱拳，然後笑道：「我『長安之虎』盧大鵬，為驗證光明神的存在，特親自向摩門大教長拂多誕討教。大教長宣稱身受光明神庇佑，自然不懼我這凡夫俗子的拳腳。大教長若不躲不閃不擋硬受我三拳兩腳，我盧大鵬立刻給你老磕頭賠罪，以後再遇摩門弟子，在下立刻退避三舍。」

拂多誕淡淡道：「閣下堅持要向摩門高級神職人員出手，就是在挑戰光明神的權威，光明神對敢於冒犯祂威儀的凡人從不會心慈手軟，閣下要三思啊！」

盧大鵬哈哈大笑：「台下的父老鄉親為我盧大鵬做個見證，如果我盧大鵬因冒犯光明神而受到懲罰，那是我咎由自取，於旁人無關。不過，我盧大鵬若是傷在大教長或摩門弟子手裏，也請大家為我做個見證，到時候官府追查起來，也好有個交代。」

台下眾人轟然答應，尤其盧大鵬那幫小嘍囉更是紛紛鼓噪：「盧英雄放心，這裏千百雙眼睛都看著呢，要是大教長敢還手傷你，咱們一定為你討還公道！」

盧大鵬拱手團團一拜，這才回頭對拂多誕笑道：「大教長準備好沒有？如果大教長沒把握硬抗我三拳兩腳，又不敢肯定你的光明神這會兒是否跟你在一起，就趁早服個軟認個輸，不然將你一拳打死，我也要惹上不小的麻煩。」

不少摩門弟子忍不住出言喝罵，直斥盧大鵬的無恥。向這樣要別人站著硬受自己拳腳，這根本不是公平的比武較技，而是無賴的伎倆。

誰知拂多誕卻不以為意地對弟子擺擺手，淡淡道：「這位盧英雄是為驗證光明神的存在，不是要跟本座比試武功，所以這個辦法也算公平。既然如此，就請在場的施主為本座做個見證，如果本座不幸被這位盧英雄打傷或打死，皆是本座咎由自取，與這位盧英雄無涉。」

台下眾人唯恐天下不亂，紛紛鼓掌答應。

盧大鵬見拂多誕竟真答應了自己的胡攪蠻纏，倒令他有些意外，就見拂多誕依舊盤膝端坐蒲團，神情平靜如常，令人莫測高深。他心中暗自有些懊悔，但現在已是騎虎難下，只得硬著頭皮來到拂多誕面前，沉聲喝道：「大教長小心了！」

拂多誕微微頷首道：「請盧英雄儘管出手相試。」

盧大鵬見拂多誕即便坐在蒲團之上，也幾乎有常人高矮，眉宇間更有一種令人望而生畏的威儀，讓他心中隱然生出一絲本能的懼意。不過他暗忖對方既然端坐不動，不躲不閃不擋，自己還有何懼？這樣一想，他不再猶豫，一聲大喝，一個衝拳直襲拂多誕胸膛。

拂多誕果然不躲不閃，以胸膛硬受了他一拳，就見拂多誕連人帶蒲團被拳勁震出數丈，不過依然毫髮無損。

台下眾人高聲叫好，紛紛嘲笑盧大鵬是花拳繡腿。卻不知盧大鵬已在暗自叫苦，方才那一拳，他感覺就像打在一團烈火之中，那種熾熱灼燒的感覺令他渾身難受，甚至感覺似有熱流順著自己的手臂傳到自己胸口。

不過眾目睽睽之下，他不甘心就這樣放棄，因為他方才那一拳只是試探，並未出全力，他不信血肉之軀，能硬抗自己全力一擊。

再次來到拂多誕面前，就見拂多誕搖頭嘆息道：「閣下已經受到警告，難道還不信光明神的存在？」

盧大鵬一聲怒喝：「少廢話，看拳！」話音未落，他以十成功力擊出的一拳，已如奔雷般結結實實打在拂多誕胸膛要害，就見拂多誕順著拳勁一直滑到高臺邊沿，在眾人的驚呼聲中突然凝立不動，穩如磐石。

眾人再次鼓掌叫好，紛紛將目光轉向盧大鵬。就見盧大鵬神情詭異地立在當場，目光癡迷地望向虛空，突然以一種不類真人的聲音嘶啞高呼：「火！火！我看到了真正的烈火，還有烈火中的大明尊……」

話音未落，他的身體突然竄起沖天大火，一瞬間便燒遍了他全身上下，令他徹底變成了一個火人。

就見他在火焰中手舞足蹈，掙扎呼號，淒厲慘烈的聲音像鬼哭狼嚎般在空中迴蕩：「我看到了大明尊，我見到了光明神……」

摩門弟子自拂多誕以下紛紛拜倒，齊齊低誦摩門經文，一種肅穆莊嚴的氣息在眾人心中油然升起。不少人情不自禁地跪了下去，隨著拂多誕和摩門弟子拜倒在那看不見的大明

尊面前。

受他們影響，更多人先後拜倒，剩下寥寥數十人雖然依舊穩穩站立，卻已是臉色煞白，神情詭異。

盧大鵬足足燒了半炷香的功夫，才變成一堆焦黑的殘骸跌倒在地。

直到這時，他那幾個手下才醒悟過來，爭先恐後往外就逃，邊逃邊驚呼高叫：「出人命了，摩門殺人了……」

受他們影響，眾人爭先恐後向門外逃去，誰知人多門小，一時間眾人盡皆堵在門口，進退不得。

就在這時，突聽拂多誕的聲音猶如來自天籟，清晰地傳到每一個人耳中：「大家不要驚慌，光明神只懲戒那些冒犯祂威儀的異教徒，庇佑每一個虔誠的信徒。」

眾人一聽這話，不約而同地拜倒在拂多誕面前，爭先恐後道：「小人願皈依光明教，敬奉大明尊！」

門外突然傳來一陣呵斥，就見幾個刑部捕快推開眾人闖了進來，紛紛在問：「怎麼回事？誰殺人了？死者在哪裡？」

有人立刻指向高臺上盧大鵬的殘骸：「盧……盧大鵬死了……」

看到臺上燒得不成模樣的殘骸，那捕快嚇了一跳，顫聲問：「他怎麼死的？」

「燒死的！」有人抖著嗓子小聲道，「是冒犯了大明尊，被活活燒死的！」

「混賬！」那捕快一聲呵斥，「這火是誰放的？為何只燒了他，卻沒燒到其他東西？」

「這火……這火是從他身子裏竄出來的，」有人大著膽子道，「是光明神之火，不是任何人放的。」

那捕快越聽越糊塗，突然看到任天翔在場，急忙上前請安道：「原來任大人也在這裏，太好了，不知大人可否告訴卑職究竟發生了什麼事？」

任天翔早已嚇得滿臉煞白，在那捕快的提醒下，這才想起自己是御前侍衛副總管，不能像尋常百姓那般沒主見。

他清了清嗓子，勉強平定了一下心情，這才將方才發生慘劇的經過撿緊要處仔細說了一遍。那捕快聽得越發糊塗，只得對幾個手下道：「雖然這人是身體自燃，但之前他與摩門大教長有過衝突，所以他脫不了干係。先將他鎖了回去，再慢慢探查究竟。」

幾個官差手執鐐銬上前就要鎖拿拂多誕，卻見無數百姓紛紛跪倒，爭先恐後地道：

「不能啊！大教長乃大明尊的弟子，鎖拿大教長就是冒犯大明尊，已經有盧大鵬因冒犯大教長受到了大明尊的懲戒，你們難道還要激怒至高無上的光明神？」

「什麼光明神？」一個捕快呵斥道，「不過是些裝神弄鬼的傢伙，你們再要囉嗦，就統統鎖了回去。」

「盧大鵬燃燒時在高聲呼叫，說他看到大明尊，是大明尊在召喚他，難道你們沒有聽見？」一個老者義憤填膺地喝問，引來無數人大聲附和，紛紛證實聽到了盧大鵬的呼叫，他們相信死者臨死前的呼叫，是他留給這個世界最後的警示。

眾捕快對百姓的證詞嗤之以鼻，堅持要將拂多誕帶走，誰知平日那些在官府面前溫順如綿羊的百姓，此刻就像是著了魔一般，紛紛跪倒在眾官差面前，阻攔他們鎖拿拂多誕。

眼看周圍的百姓越聚越多，幾個捕快不禁為難起來，雖然他們並不相信什麼神靈，但也知道眾怒難犯的道理。

見雙方僵持不下，稍有不慎就會引發嚴重的衝突，任天翔忍不住開口道：

「拂多誕大教長也是有頭有面的人物，大雲光明寺更是得到了聖上的特准。不會因這裏發生了一樁慘案就關閉，拂多誕大教長也不會因這樁事就逃逸。你們今日先回去，需要大教長協助調查時，大教長自不會推辭。」

那捕快見任天翔這樣說，只得借坡下驢，拱手拜道：「既然任副總管也這樣說，那咱們就只帶走屍骸和幾個證人。需要大教長協助時，再派人來請。」

幾個捕快將燒焦的殘骸用屍袋包裹起來，又胡亂帶了幾個在場的百姓回去審問。待他們走後，拂多誕向任天翔撫胸為禮道：「多謝任大人仗義執言，本座會記得任大人的恩典。」

「好說好說！」任天翔連忙還禮一拜。

他心虛地看看四周，總覺得這大雲光明寺中充斥著一種說不出的恐怖和詭異，見百姓已漸漸散去，辛乙與那北燕門的老者也不見了蹤影，他也就趁機告辭。拂多誕也沒有多作挽留，只令身旁的大般將一行人送出了寺門。

來到外面的長街，任天翔才長長舒了口氣，小薇也拍拍胸口，滿是害怕地長出了口氣：「嚇死我了！你說，這人好端端怎麼突然燃了起來，而且臨死前還高呼說看到了大明尊，莫非……這世上真有光明神？」

安秀貞也是滿臉煞白，不過卻比小薇和任天翔都要鎮定，就見她頷首道：「萬物皆有靈，那人臨死前看到了主管火焰的光明神也不奇怪，不過像他這樣因冒犯神靈而無端自燃的怪事，我也是第一次聽說，不知任公子怎麼看？」

任天翔也是莫名所以，只得將目光轉向褚剛。就見褚剛搖搖頭：「我也從來沒有聽說過這樣的事，不過我依然不相信那盧大鵬是死於光明神之手，更不相信他臨死前真看到了什麼大明尊。」

「我也不信！」任天翔搖頭嘆道，「這摩門處處透著詭異，事事暗含恐怖，令人既莫測高深又心懷畏懼。我看它不如叫魔門更合適。」

「魔門？」褚剛若有所思地點點頭，「但願它莫要像公子擔心的那樣，成為血腥與恐怖的代稱。」

親眼目睹一個人在自己面前活生生燒成焦炭，安秀貞再無遊玩的興致，任天翔只得將她送回家。

剛進門，就見驃騎將軍府一個家將迎上來，對任天翔陪笑道：「馬師爺一直在等候任大人，說任大人到來後，務必去他所住的後院一見。」

任天翔心中奇怪，便讓小薇和褚剛等人在門外等候，而他自己則在那名家將帶領下，來到驃騎將軍府後院一處僻靜的廂房。

就見司馬瑜迎了出來，示意那家將退下後，將任天翔讓到自己所住的房內，然後關上房門，從隱秘處拿出了一個錦盒，然後示意任天翔打開。

任天翔莫名其妙地打開錦盒，就見一塊不起眼的墨玉碎片躺在錦盒之中。他一眼就認出這是蘇槐自秦始皇陵墓中盜出的那塊義字璧碎片，這令他既意外又吃驚，雖然他想到過憑安祿山的實力加上司馬瑜的聰明，或許能找到那塊被搶的義字璧碎片，卻也沒想到竟然這麼快，這麼順利。

他正要伸手拿出那塊玉片，司馬瑜卻已將錦盒「啪」一聲關上，悠然笑道：「我已經拿到了兄弟最想要的東西，現在是該兄弟履行諾言的時候了。」

任天翔忍不住問道：「你是從哪裡得來？」

司馬瑜淡淡笑道：「這是我的事，而且也不在咱們協議之內。」

任天翔無奈點點頭：「可是，我不知道如何才能讓安將軍平安離開長安。」

司馬瑜低下身子，俯身道：「最近幽燕二州的契丹人發生叛亂，范陽、河西的官兵已經連吃了幾場敗仗。邊關八百里加急上書朝廷，急需安將軍回范陽主持大局。聖上一定會問你對安將軍的看法，你怎麼說？」

任天翔不以為然道：「我自然是如實稟報，說安將軍對朝廷忠心耿耿，決無二心。」

司馬瑜搖搖頭：「你若這樣說，聖上只會更加猜疑，安將軍反而危險了。」

任天翔無奈問：「那你要我如何說？」

司馬瑜沉吟道：「聖上對安將軍的猜疑不是一天兩天，所以故意認下你這個國舅，從安將軍對你的態度上進行試探。如果僅憑你一句話就放走安將軍，如何能讓聖上安心，更何況還有楊相國等重臣的阻攔。」

任天翔若有所思地點點頭：「那我得順著聖上的心思，就說自己並不能看透安祿山。」

司馬瑜讚許地點點頭：「聰明！然後你向聖上建言，雖然不能看透安將軍，卻有辦法令他不敢造反，只能乖乖地為朝廷效力。」

任天翔奇道：「什麼辦法？」

司馬瑜淡淡道：「你讓聖上招安將軍長子安慶宗為駙馬，借機將他留在長安。」

任天翔恍然大悟：「讓聖上留下安慶宗為質，這樣聖上才會放心讓安祿山回范陽。」

司馬瑜點點頭，淡淡道：「必要的話，安小姐也可以留下。我看兄弟對安小姐似乎頗有好感，不如就讓聖上做媒，將安小姐娶進門如何？有安將軍最寵愛的一雙兒女為質，我想聖上也該放心了。」

任天翔心中微動，但最終還是微微搖了搖頭，他雖然對安秀貞頗有好感，但卻還沒有做好娶妻生子的準備，更不想以婚姻為幌子將安秀貞留為人質。他搖頭笑道：「兄長放心，我知道該如何向聖上說了。那塊玉片，是不是可以先給我？」

司馬瑜笑著搖搖頭：「親兄弟明算賬，等安將軍平安離開長安，我自會親手交給你。如果你不放心，可以將為兄扣為人質，如果你沒得到這塊玉片，可以取為兄首級來賠。」

心知單單一塊玉片也沒什麼用，而且司馬瑜又這樣說了，任天翔也只得作罷，叮囑道：「那你暫時幫我收好，千萬莫要弄丟了，到時候兄長要拿不出來，就算我肯放過你，有人卻肯定不會放過你。」

司馬瑜點點頭：「我知道它的重要，我會像守護自己生命一樣守護它。」

知道了玉片的下落，任天翔趕緊在第一時間就去通知了季如風，他知道這塊蘇槐用生命換來的玉片，對義安堂有著極其重要的意義。得知玉片的下落和任天翔與司馬瑜的交易後，季如風皺眉道：「安祿山胸懷虎狼之心，萬不可讓他回到范陽老巢。」

任天翔遲疑道：「可這是拿回那塊玉片的唯一辦法，除此之外別無它途。」

季如風沉聲道：「雖然誰也不敢肯定地說安祿山必反，但種種跡象表明，他一直在秣兵厲馬，搜羅天下能人異士，並借幽州史家的商隊聚斂天下財富，其用心昭然若揭。尤其這次咱們驪山遇劫，對手九成九就是來自塞北的薩滿教徒，而安祿山正是塞北胡人，與薩滿教有著千絲萬縷的聯繫，而且，據說他的生母就是薩滿教女巫師。最終那塊玉片又是在他的人手裏出現，因此可以肯定，劫奪玉片的薩滿巫師，必定與他有干係。這樣一個野心家和陰謀家，若助他回到范陽老巢，遲早會禍亂天下，與天下安危比起來，義字璧是否能破璧重圓，已經不是那麼重要了。」

任天翔不以為然道：「就算安祿山包藏禍心，也不過是個粗人，未必就敢公然叛亂。而且他手下的兵將不到天下兵馬的三分之一，就算作亂也未必有多大威脅。況且這種事自有廟堂之上的權貴們考慮，咱們是不是有點多慮了？」

季如風正色道，「天下承平已久，各地武備基本廢弛，唯有戍邊的軍隊因長年與異族作戰，還保持著較強的戰鬥力。而所有邊軍中，以安祿山的范陽軍戰鬥力最強，他們若要隨安祿山作亂，必定摧枯拉朽，天下無人能擋。戰亂一起，生靈塗炭，無論居廟堂之高還是處江湖之遠，都無法倖免於難。所以這不僅僅是廟堂之上貴人們的責任，也是天下每一個人的責任。」

任天翔並不認為安祿山作亂是多麼了不得的大事，不過見季如風說得慎重，他只得敷衍道：「好吧，這事我拖一拖，希望能通過別的途徑拿回那塊玉片。如果能證實那玉片真是安祿山指使人暗中搶去，咱們以同樣手段奪回來，也不算對司馬瑜違諾。」

記。」

「不是拖一拖！」季如風正色道，「任何情況下都不要幫安祿山回范陽，你一定要切記。」

任天翔無奈，只得點頭答應：「好！我不會幫安祿山，季叔放心好了。」

離開季如風的住所，任天翔記掛著前兩天發生在大雲光明寺的離奇自燃案，天性的好奇，讓他不知不覺就來到刑部衙門，找到在這裏供職的高名揚，開門見山地問：

「兩天前發生在摩尼教大雲光明寺的人體自燃案有沒有結果？要知道我當時就在場，親眼目睹一個活生生的人，身體裏面突然竄起沖天大火，轉眼之間就將他燒成了灰燼。這幾天我一直睡不著，要不揭開這神秘詭異的一幕，我遲早會瘋掉。」

高名揚遺憾地搖搖頭：「刑部仵作徹查了盧大鵬的屍體和他發生自燃的現場，沒有發現任何助燃的油料或火藥，可以排除他是被人用火燒死。他臨死前高喊看到了大明尊，而且有無數證人證明了這一點，所以刑部有不少人將他的死與摩尼教供奉的神祇聯繫起來，都說他是冒犯了大明尊而受到的懲戒。」

任天翔笑問：「你相信這說法？」

高名揚搖頭嘆道：「我是不信，但不信又如何？盧大鵬是在眾目睽睽之下自燃而亡，在這之前，他雖然與摩門大教長拂多誕有衝突，卻也是他出手攻擊拂多誕，拂多誕自始至終都沒有還手，無論如何也無法將他的自燃與拂多誕聯繫起來。倒是因為他的離奇暴斃，讓外面無數愚夫愚婦開始篤信光明神，紛紛拜倒在拂多誕門下，短短幾天時間，摩門在長安就成為了僅次於佛道兩門的大教，聲望如日中天。」

任天翔若有所思地點點頭，搖頭苦笑道：「你們刑部要再不快點破案，查出盧大鵬自燃的原因，我必定會被這謎團折磨而死。我要死了也不會放過你，必定每天到你床前索問盧大鵬的死因，讓你也不得安寧。」

高名揚做了個害怕的表情，然後正色道：「盧大鵬自燃一案刑部雖然沒有線索，不過兄弟託咱們辦的另外一樁事，倒是有了點線索。」

任天翔心中一動：「是關於如意夫人？」

高名揚點點頭：「我們通過如意夫人租住的房子找到了她的房東，又從房東那裏查到有什麼人跟她來往，你再想不到是誰跟如意夫人有密切的聯繫。」

任天翔忙問：「誰？」

高名揚悠然笑道：「這個人你也認識，就是宜春院的老鴇趙姨。」

「趙姨？」任天翔十分意外，「她怎麼會跟如意夫人認識？為何她從來沒有向我提到過這點？你們是不是搞錯了？」

高名揚正色道：「我們多次審訊了如意夫人的房東，他回憶起如意夫人雖然深居簡出，但偶爾會有一個蒙面的女人來看望她。有一次大風將那女人的面紗吹起，房東無意間看到了她的臉，認出她就是宜春院的老鴇趙姨。」

任天翔只感覺自己陷入了一個巨大的謎團和漩渦，最信任的人居然也有事在瞞著自己。而且她還跟殺害任重遠的最大嫌疑人暗中有聯繫，枉自己信任她多年，將她當成信賴的長輩，沒想到最終連她也在欺騙自己。

「除此之外，我們還發現了一個更重要的細節。」高名揚繼續道，「就是那個曾經誣陷你誤殺老六的宜春院姑娘小紅，她回憶起醒來後的第一感覺，就是聞到房中有股淡淡的幽香，跟宜春院姑娘們所用的胭粉味全然不同。有理由懷疑那晚殺害江玉亭陷害你的，是一個女人，而且很可能就是如意夫人。」

任天翔若有所思地問：「你是說她先重傷任重遠，在任重遠去世後又設局陷害我，逼我不得不遠走他鄉？她所做這一切，就是為了幫某人謀奪義安堂堂主之位？」

高名揚點點頭：「這是最合理的解釋。」

任天翔皺眉沉思了半晌，黯然問：「你們把趙姨……怎麼了？」

「我們已經將她請到了刑部。」高名揚坦然道，「考慮到她跟老七你關係非淺，我們還沒有對她用刑。不過，無論咱們如何威逼利誘她，就是不開口，我原本正要派人去請示老七，只等你一句話，咱們就能將這老鴇的嘴撬開。」

任天翔知道刑部這幫捕快，對刑訊逼供有著一種病態的嗜好，趙姨要落到他們手中，必定會慘不忍睹。雖然他非常想找到如意夫人的下落，查出任重遠的死因，揪出那個暗藏在義安堂的陰險傢伙，但他依然不願傷害趙姨。

他想了想，輕嘆道：「還是由我親自去問她吧，如果她堅持不說，再由你們來問。」高名揚眼中閃過一絲興奮的微光：「好！她要還不識趣，那就是在自找苦吃！」

幽暗潮濕的刑部大牢，永遠像暗無天日的地獄。當任天翔來到這裏時，感覺自己就像來到另一個世界。

當他在最裏面一間牢房中找到趙姨，簡直不敢相信自己的眼睛。短短數天時間，曾經徐娘半老、風韻猶存的趙姨，就像是徹底變了個人，足足憔悴蒼老了十歲。任天翔心中有些難過，示意獄卒打開牢門，然後低頭鑽了進去。

聽到有人進來，趙姨回過頭，待看清是任天翔，她眼中先是一陣驚喜，跟著又閃過一絲警惕。以異樣的目光望著任天翔，雙唇緊抿沒有開口。

任天翔將帶來的食盒打開，將裏面的糕點一樣樣拿了出來，若無其事地笑道：「我知道趙姨喜歡蘇式糕點，還有崇安坊製作的滷味，便都給你帶了來。除了這些糕點小菜，還有窖藏十八年的女兒紅，我記得趙姨偶爾也喝點酒，所以今日特意來陪趙姨喝兩杯。」

趙姨警惕地注視著任天翔將酒菜一樣樣拿出來，突然搶過一塊糕點便塞入口中，跟著全然不顧形象地一陣狼吞虎嚥，看來趙姨在獄中雖然沒有受刑，卻早已餓壞了。直到將任天翔帶來的糕點小菜吃得一乾二淨，這才打著嗝問：「任大人，不知民女犯了何罪？」

任天翔嘆了口氣，緩緩道：「趙姨沒有犯任何罪，只是刑部在徹查過去一樁舊案時，發現趙姨與之有些牽連。我開門見山吧，是我在找暗算了任重遠的如意夫人，趙姨若知道她的底細和下落，還請不吝相告。我保證你只要說出你知道的情況，立馬就可以從這裏出去。」

「我要不說，你們是不是就不放我，甚至要對我用刑？」趙姨質問。

任天翔無奈嘆道：「這件事對我來說非常重要，不僅因為那如意夫人是殺害任重遠的嫌疑犯，也可能還是殺害江玉亭嫁禍於我的關鍵人物。如果不將她找出來，她有可能還會害我，難道趙姨忍心看著我最終為她所害？」

「她絕不會害你。」趙姨話剛出口，立刻就意識到自己失言，連忙閉上了嘴。

任天翔連忙追問：「這麼說，你是真認識她了？而且跟她還非常熟悉？既然如此，趙姨為何不能告訴我她的底細和下落？難道你忍心看我一直蒙在鼓裏？對藏在暗處的敵人毫無提防？」

趙姨猶豫了一下，最終還是搖頭道：「我不能告訴你，我不能讓任何人再去打攪夫人的安寧。」

任天翔又是失望又是傷心，怒道：「趙姨，你從小看著我長大，視我如自家子侄，我待你也如親姨娘一般，有誰能比我跟你還親？你為什麼要保護她？難道她是你的同黨？任重遠的死和陷害我的陰謀，跟你也脫不了干係？」

趙姨雙唇緊抿一言不發，似乎下定決心不再開口。

任天翔無奈，啞著嗓子澀聲道：「趙姨，你知道這事對我有多重要，如果我不找出那個暗害任重遠的凶手，這輩子都將寢食難安。如果你堅持不開口，我只好將你交給刑部衙役，你知道他們對付嫌犯的手段，請趙姨三思。」

見趙姨依舊不為所動，任天翔越發認定她就是暗算任重遠、殺害江玉亭嫁禍自己的如意夫人的同夥。這也讓他終於狠下心來，轉身出得牢門，就見等在外面的高名揚過來問：「怎樣？」

「交給你了！」任天翔黯然道，「讓她開口就行，不要傷她性命。」

高名揚欣然點點頭：「老七放心，這種事我自有分寸。讓她痛到極點，卻又不會留下傷殘和後遺症，這樣總可以了吧？」

見任天翔再無異議，高名揚立刻令兩個衙役將趙姨帶到審訊室，少時，審訊室中傳來趙姨撕心裂肺的慘叫，令任天翔也感到心如刀割。但為了查到如意夫人的下落，他只得鐵下心拼命捂住耳朵，在心中祈禱趙姨快快開口，莫要再逼他作惡人。

審訊室中突然傳來趙姨一聲慘叫，然後就徹底寂然無聲，任天翔心中突然閃過一絲不祥的預兆，急忙奔向審訊室。就見高名揚垂頭喪氣地從審訊室出來，一臉的沮喪和愧疚。

「怎麼回事？」任天翔急忙問。

高名揚躲開任天翔探詢的目光，期期艾艾地道：「我沒想到這老鴇居然如此剛烈，受刑不過時假意招供，趁咱們不備，突然一頭撞在刑具上，毅然自殺身亡。」

「什麼？」任天翔心中一急，一把推開高名揚衝入審訊室，就見趙姨已倒在血泊中，只剩一點細弱游絲的呼吸，一根尖銳的鐵刺已經深深地扎入她的腦門，就算大羅神仙也救她不活。

任天翔心如刀割，「撲通」跪倒在她面前，扶起她的頭愧疚萬分地哭道，「對不起，我沒想到會這樣，對不起……」

趙姨已經無法再開口，只有失血的嘴唇在微微蠕動，任天翔忙湊到她的唇邊，隱約聽到她最後的叮囑：「不要……不要再找……」

趙姨的身體在懷中漸漸冰涼，任天翔心中既懊悔又憤懣。已經有三個人因如意夫人而死，任重遠、江玉亭、趙姨，每一個都跟自己有莫大的干係，所有的陰謀都是跟自己有關，但自己卻連如意夫人的影子都沒抓到。

緩緩將趙姨放到地上，任天翔擦乾眼淚毅然站起，回頭對高名揚下令：「立刻帶人隨我包圍宜春院，搜查趙姨的住處，我不信就找不到如意夫人一點蛛絲馬跡！」

如意

第十一章

「苦衷？什麼苦衷？」任天翔淚流滿面地質問，「是什麼苦衷讓你以如意夫人的身分暗算了任重遠？又是什麼苦衷讓你殺害江玉亭嫁禍於我？趙姨為了隱瞞你的下落，不惜自殺，是什麼苦衷讓她不惜以命相殉？」

數十名官府的捕快和衙役，突然包圍了早已破敗蕭條的宜春院，幾個姿色平庸的姑娘既吃驚又詫異，她們發現帶人來搜查宜春院的，竟然是以前曾在這裏住過的任天翔。

「給我仔細搜！不要放過任何可疑的人和東西！」任天翔在令人搜查宜春院的同時，自己則親自來到趙姨的住處，獨自搜查房中每一處地方。

他在趙姨的梳粧檯抽屜裏找到了一串佛珠，印象中，他從未見過趙姨念佛，這串佛珠與趙姨房中的裝飾也有點格格不入。

任天翔仔細查看佛珠，意外地在一顆佛珠上看到「白雲」二字，他急忙示意高名揚過來，然後將佛珠遞給他，沉聲問：「這『白雲』二字有可能是這串佛珠的產地，也有可能是它主人的法號，大哥有沒有聽說過？」

高名揚搖搖頭，回頭問身邊眾捕快：「誰知道帶有『白雲』二字的佛堂廟宇？或法號『白雲』的佛門僧人？」

幾個捕快面面相覷，紛紛搖頭。

只有一個老捕快沉吟道：「我只聽說有座白雲庵，好像是在王屋山中，具體在哪裡卻不清楚。因為王屋山乃道教勝地，佛教在那裏基本沒有什麼寺廟庵堂，就算有，也沒有什麼香火，所以並不出名。」

任天翔再無猶豫，抬手一揮：「立刻隨我去王屋山，一定要找到這座白雲庵！」

任天翔對王屋山並不陌生，當初他就是在王屋山陽臺觀苦讀三個月諸子百家、經史典籍，因其悟性出眾而得到司馬承禎賞識，由司馬承禎舉薦到皇上跟前，這才一步登天做了御前侍衛副總管，並被皇上御口封為國舅。因此任天翔來到王屋山後，立刻令高名揚和施東照率人分頭去找白雲庵，而他自己則只帶褚剛和崑崙奴兄弟，親自去陽臺觀拜望司馬承禎。

陽臺觀外依奇門遁甲種有鬱鬱蔥蔥的竹林，沒了張果的指點，任天翔近在咫尺也不得其門而入。他只得在門外高聲求見，半晌後總算有道童將他領入觀中，誰知司馬承禎雲遊未歸，只有其弟子玄木在觀主持。

玄木是個木訥寡言的中年道士，上次任天翔也見過，只是印象不深。聽他說司馬承禎雲遊未歸，任天翔很是失望，只得向他打聽白雲庵的位置，他原以為王屋山不大，而且佛寺庵堂有限，陽臺觀的道士肯定知道它在哪裡，誰知玄木卻立刻搖頭：「白雲庵？從來沒聽說過。」

「不會吧？」任天翔奇道，「聽說白雲庵就在王屋山中，是不是它太過偏僻，連道長也不知道？」

玄木道長還是肯定地搖頭否認：「貧道從小在王屋山長大，對山中所有道觀、寺廟、庵堂瞭若指掌，從未聽說過有什麼白雲庵。」

見玄木道長說得這般肯定，任天翔只得作罷，看看再問不出什麼，他只得起身告辭。出得陽臺觀，他在山門外愣了半晌，突然回頭對褚剛道：「你帶阿崑悄悄守在陽臺觀前後門，若發現有道士外出就跟上去，但不要打草驚蛇，更不能讓人發現。」

褚剛看看天色，疑惑地撓撓頭：「咱們跟上去做什麼？現在已經是黃昏，這個時候恐怕不會再有道士出門了吧？」

任天翔沉吟道：「我不敢肯定，只是守株待兔試上一試。萬一有道士連夜離開陽臺觀，褚兄就看看他們都去了哪裡，見了些什麼人。我總覺得玄木道長是在說謊，卻又想不通他為何要說謊，也許你們可以為我找到答案。」

褚剛總算明白過來，立刻點頭答應：「懂了，我會悄悄跟上去，定要找出他們的問題。」

任天翔點點頭，就見褚剛最先消失在陽臺觀山門外的密林中，而阿崑在任天翔指點下，也直奔陽臺觀後門。

見二人都各就各位埋伏妥當，任天翔這才帶著阿崙沿來路回到宿營的營地，他與高名揚和施東照約好在這裏會合。

天色將黑未黑之時，高名揚和施東照各自帶著捕快和御前侍衛垂頭喪氣地回來，二人各帶本部人馬搜遍了大半個王屋山，卻始終沒有找到白雲庵在哪裡，就是盤問山中遇到的樵夫和道士，也沒有一個人知道白雲庵的位置。

「奇了怪了！」高名揚也是連連抱怨，「怎麼沒一個人知道什麼白雲庵，莫非咱們當初的判斷有誤？那『白雲』二字並非指的是寺廟或庵堂？」

任天翔也有些動搖，只得安慰二人道：「咱們才找了半天時間，沒找到也很正常。明天咱們再去後山找找，興許會有所發現。」

有捕快已升起篝火，眾人就在篝火邊休息用餐。

就在這時，突見褚剛急匆匆回來，對任天翔驚喜地稟報：「公子料事如神，自咱們離開後，陽臺觀果然有道士趁著暮色掩護，悄悄地出了陽臺觀。我暗中尾隨而去，你再想不到我發現了什麼。」

眾人齊聲問：「發現了什麼？」

「白雲庵！」褚剛興奮地道，「我尾隨那小道士一路緊趕慢趕，最後來到後山一個荒僻的山谷，谷中有座隱蔽在叢林荒草中的偏僻庵堂，門楣上有『白雲庵』三個字。我見那小道士進了庵門，怕打草驚蛇便沒有跟進去，而是立刻回來稟報。」

「太好了！」任天翔興奮地一跳而起，「褚兄前面帶路，咱們立刻趕過去，定要找出其中的隱秘！」

高名揚所率刑部捕快與施東照所率御前侍衛合作一處，在褚剛帶領下一路直奔後山，半個時辰後，眾人果然找到了那座掩映在叢林和荒草中的白雲庵。

在任天翔示意下，眾人分作兩路，悄悄將白雲庵包圍起來，直到確信一隻飛鳥都逃不出去後，任天翔這才帶著高名揚、施東照等人，大搖大擺地上前敲門。

眾人敲了片刻，門內總算響起一個老婆婆嘔啞的應答：「門外是什麼人？這裏是庵堂，不留任何外人借宿。」

有捕快立刻高聲喝道：「刑部辦案，快開門！」

那老婆婆似乎有些耳背，絮絮叨叨地重複：「都說了這裏是庵堂，不容外人借宿，再不走老身可要放狗了。」

眾捕快哪有功夫跟她囉嗦，齊心協力撞開大門便闖了進去。就見一個老邁昏聵的嬤嬤驚慌失措地迎上來，嘶聲高呼：「強盜來了！」

「閉嘴！」高名揚一聲令下，立刻有捕快上前捂住了老嬤嬤的嘴。

任天翔將那串佛珠湊到老嬤嬤跟前，示意一個捕快拿燈火將佛珠照亮，然後喝問：「這是不是你們庵堂的東西？」

老嬤嬤接過佛珠仔細看了片刻，茫然點了點頭。任天翔見得到確認，心中大喜，忙喝道：「將你們的庵主和所有姑子叫出來問話，一個人也不得遺漏。」

那老嬤嬤囁嚅道：「庵中除了老身，就只有庵主靜閒師太一人。」

任天翔忙問：「靜閒師太，她在哪裡？」

老嬤嬤向後堂方向指了一指，任天翔立刻便衝了出去。

褚剛和高名揚等人怕他有失，也急忙追了上去。幾個人徑直闖到後堂一間依然還亮著燈的房間，就見簡樸素淨的雲房中，有個年逾四旬的中年女尼正瞑目打坐，對眾人的闖入似乎無動於衷。

施東照見狀，忍不住喝問：「御前侍衛副總管大人到此辦案，你還不趕緊迎接？」

那女尼緩緩睜開雙目，目光從眾人臉上緩緩掃過，最後落到任天翔臉上，神情頓時有些異樣。高名揚忙喝問道：「你就是靜閒師太？」

見對方微微點了點頭，高名揚將手中那串佛珠遞到她面前：「這串佛珠你可認識？」

靜閒師太微微頷首：「這是貧尼送給一個俗家姐妹的東西，它怎麼會在你手裏？」

高名揚神情微變，手撫佩刀暗自戒備地問：「這麼說來，你就是當年的如意夫人？」

「如意夫人？」靜閒師太恬靜的目光頓時變得幽遠深邃，思緒似穿過歲月的風霜回到了過去，遙望虛空喃喃嘆道，「當年，我確實用過這個名字。」

話音剛落，高名揚、施東照便不約而同地拔出了腰間佩刀，各守一方將女尼圍了起來。施東照還不忘向任天翔招呼：「老七快退後，這女賊交給我們來擺平！」

「退下！」任天翔突然發瘋一般衝眾人大叫，「都給我退下！」

施東照和高名揚都有些莫名其妙，不知道任天翔為何突然間像是變了個人，不僅將他們拼命往外推，還氣勢洶洶奪下了他們的兵刃。

眾人莫名其妙地退出門外，褚剛忍不住小聲提醒：「公子一個人留在房內，恐怕會有危險，我是不是……」

「走！你們都給我走！」任天翔不由分說將褚剛也推出大門，然後將門「砰」一聲關閉，弄得門外眾人面面相覷，不知道任天翔為何瞬間就變得如此不可理喻。

雲房之內，任天翔雙目赤紅地盯著靜閒師太，胸膛急劇起伏，卻咬著牙一聲不吭。就見靜閒師太眼中泛起一縷慈愛的微光，喃喃嘆息：「想不到你都長這麼高了，還做了御前侍衛副總管，我……我真為你感到高興……」

任天翔淚水終於忍不住奪眶而出，他卻不管不顧，嘶聲喝問：

「你騙我！你為什麼要騙我？明明沒有死，你為何要騙我裝病而死？害我這十多年來，無時無刻不在想念你，無時無刻不是心懷喪母之痛，以為早已與你天人相隔，誰知……誰知……現在你卻活生生出現在我面前……」

靜閒師太默默地垂下淚來，黯然哽咽道：「娘有不得已的苦衷……」

「苦衷？什麼苦衷？」任天翔淚流滿面地質問，「是什麼苦衷讓你以如意夫人的身分暗算了任重遠？又是什麼苦衷讓你殺害江玉亭嫁禍於我？趙姨為了隱瞞你的下落，不惜自殺滅口，是什麼苦衷讓她不惜以命相殉？」

「趙姨……為我而亡？」靜閒師太又是吃驚又是傷心，「她……她這是何苦？」

任天翔不依不饒地質問：「你究竟是個什麼樣的人？為何能讓趙姨不惜為你而死？為何發生在我周圍的所有陰謀詭計，都跟你有牽扯不清的關係？」

靜閒師太垂淚嘆息：「不管我是什麼樣的人，我都是你娘，難道你連這點也不再相信？」

任天翔呆呆地愣了半晌，壓抑已久的委屈終於爆發，他像回到懵懂無知的孩提時代，對面前這個女人有著一種無限的信任和崇拜，以及一種發自靈魂深處的摯愛和依戀，他「撲通」一聲跪倒在她面前，撲到她懷中放聲大哭：

「娘……」

「翔兒！」

靜閒師太將他緊緊擁入懷中，淚眼婆娑地親吻著他的額頭和臉頰。母子倆抱頭痛哭，就像回到十多年前那個親密無間的年月。

不知過得多久，任天翔終於哭累了，懶懶倒在母親的懷中似睡非睡，他真希望自己還是十多年前那個什麼也不懂的懵懂小兒，不必介入勾心鬥角的成人世界。雖然他對母親還有無數的疑問，但他決定什麼也不再問，因為他已經感受到慈母之心與十多年前並無二致，這就已經足夠了。

母親輕輕撫著他的頭，就像撫著十多年前那個憐愛的孩童。不知過得多久，她終於打破了這迷人的寧靜，輕聲問：「你不想知道娘當年為何要騙你，假裝因病而亡，讓你成為沒娘疼愛的孤兒？」

任天翔微微搖了搖頭，雖然他也很想知道，但現在他卻覺得這已經不是那麼重要。如果母親有她的苦衷，他寧願不知道。但是母親還是輕聲說道：

「你現在已經大了，有些事應該讓你知道。至於你決定如何選擇，必須由你自己來拿主意了。」

聽母親說得慎重，任天翔從她懷中抬起頭來，柔聲道：

「娘，你儘管說，不管以前你做過什麼，我都相信你一定有那樣做的理由和苦衷，我會無條件地信任和支持你。」

母親感動地點點頭，微微嘆息道：「這一切，要從娘的姓氏說起，娘並不姓蘇，也不叫蘇婉容。娘複姓司馬，單名容。」

任天翔心中一動，突然就想起了司馬瑜，他隱約意識到，娘的身世一定與司馬瑜有關係。

就聽母親幽幽嘆息道：「娘出身在一個特殊的家族，也即晉武帝司馬炎的後裔。司馬家的祖先不僅有司馬炎這樣的開國之君，也有司馬懿和司馬昭這樣的一代人傑。這種成就和榮耀絕非偶然，因為司馬一族乃是師承諸子百家中最為隱秘高深的流派——千門，司馬一族是當之無愧的千門世家。」

任天翔心神俱震，他曾經在陽臺觀的藏經閣中看到過一冊《千門秘史》，對歷史上這個最神秘最高深的流派充滿了無窮的好奇和興趣，沒想到母親竟然就是出身千門世家，自己的身上竟然就流淌著千門歷代先輩的智慧之血。

司馬容微微嘆息道：「出身在這樣一個家族，每一個司馬世家的弟子從小就受到嚴格的訓練，以便肩負其復興家族、重振先祖榮光的重任，母親從小接受的教育，就是要為家族的使命奮鬥和犧牲。所以我在十八歲那年，化名蘇婉蓉接近任重遠，不顧他已有家室而成為他的女人。因為任重遠和他的義安堂，乃是當時最大的幫派勢力，而且得到了朝廷的默許和支援，能掌握這樣一支江湖力量，是司馬一族夢寐以求的大事。」

任天翔恍然醒悟：「這麼說來，我的出生也是司馬世家的長遠計畫，如果將來任重遠歸西並由我繼承義安堂，那麼我作為司馬世家的外甥，自然會對司馬世家言聽計從？」

「不完全是這樣！」司馬容嘆息道，「雖然我按計劃接近並俘獲了任重遠的心，但這計畫最終卻出現了一點偏差。因為我於不知不覺中愛上了你爹，我生命中第一個，也是最後一個男人。我知道了他的為人和抱負，知道他決不會讓義安堂成為司馬家族利用的棋子，我不想讓他成為家族陰謀的犧牲品，所以在得知自己身懷有孕後，我選擇離開了他。」

任天翔感覺自己過去對任重遠的成見被徹底顛覆，他喃喃問道：「這麼說來，是你主動離開了任重遠，而不是他拋棄了你？可你為何要說是任重遠拋棄了你，讓你不幸墮落風塵？」

司馬容無奈嘆息道：「這都怪我當初愛任重遠愛得太深，容不下他為別的女人動心。那時我懷著你離開任重遠，有家不能回，有親不能投，身邊就只有一個丫鬟，那就是從小服侍我的趙姨。我們躲在洛陽最低劣的客棧，心中懷著最美好的希望等待著你的降世，誰知就在你出生沒多久，我們就聽到任重遠另有新歡的消息。這讓我因愛生恨，於是帶著你來到長安，買下一家即將倒閉的青樓，這就是後來的宜春院。從此趙姨做老鴇，我做賣藝不賣身的藝妓，漸漸令宜春院成為長安城最有名的青樓。我原本是想讓任重遠後悔，讓他後悔讓自己心愛的女人墮落風塵，但是他一次都沒有來過宜春院，自始至終他都不知道我們母子就在長安。」

「那後來你為何又要假裝重病不治，詐死將我送到任重遠身邊？」任天翔忍不住問。

司馬容嘆道：「因為我的父親，也就是你外公找到了我。知道我為任重遠生下了一個兒子，便要我們母子回到任重遠身邊。但是我不想再見到那個負心漢，更不想再回到他的身邊，便詐死，將你送回了你爹爹身邊。」

任天翔若有所思地沉吟道：「外公的目的是要我在任重遠身邊長大，然後繼承義安堂的基業？我是他掌握義安堂這股江湖勢力的伏棋？真是謀算深遠，耐心過人，令人嘆服。」

不過，後來任重遠的死又是怎麼回事？如意夫人又是怎麼回事？這些年為何娘從未再露過面，難道你就不想你的兒子？」

司馬容苦笑道：「雖然我遵照你外公的指使，將你送到了任重遠身邊，但我心裏又怎麼放心得下？只是我屢屢違背你外公的意願，甚至為任重遠動了真情，這些都是千門大忌，按家規當受到懲罰，所以這些年，我一直將自己幽禁在家中，從未踏出家門半步。閒極無聊之時，便開始研讀佛經，以求心中的安寧。幸好趙姨偶爾會派人送來你的消息，知道你一切都好，娘也就再無所求。」

說到這，司馬容微微一嘆：「但娘終究是司馬世家的人，當家族有所需要，娘自然是義不容辭，所以我以如意夫人的身分將你爹爹約了出來。這麼些年過去，我對任重遠已經沒了原來那種愛恨難分的複雜感情，尤其得知他又娶妻生女，而且家庭美滿幸福，我就再沒有想過要回到他身邊……」

司馬容說到這突然停了下來，眼神怔忡地望向虛空，好半晌才黯然嘆道：

「雖然我沒有害任重遠之心，但是任重遠卻是因我而死。甚至他至死都還不知道我的真實身分……這輩子我負他甚多，而他臨死前卻都還記掛著我的安危和未來。為讓我免遭義安堂報復，他直到死都沒有向義安堂的兄弟透露過我的存在。」

雖然母親語焉不詳，但任天翔已經猜到幾分。見母親滿懷愧疚泣不成聲，他不禁柔聲安慰道：「既然你並無傷害任重遠之心，娘也不用太自責。過去的事就讓它過去吧，只是我沒想到，事情的真相竟然會是這樣。」

任天翔嘴裏說得輕鬆，但心中卻比任何時候都要亂。知道任重遠從未拋棄過母親和自己，任天翔突然非常後悔，沒有在任重遠生前叫過他一聲爹，尤其得知他死得不明不白，更讓任天翔心亂如麻。

他已經在心中將任重遠當成自己真正的父親，都說父仇不共戴天，但如果仇人是母親和外公，那麼這仇該不該報？又如何來報？任天翔從未像現在這樣迷茫。

「在得知任重遠意外去世後，我立刻就想到，你將捲入義安堂繼承人之爭。」司馬容抹去淚水，繼續回憶道，「我不想你再重蹈娘的覆轍，捲入凶險莫測的江湖紛爭，不知不覺間成為受人擺佈的棋子，所以娘不惜做了一件事。」

任天翔立刻醒悟：「是娘潛入宜春院殺江玉亭嫁禍於我，逼我不得不遠走他鄉，逃離長安城這勾心鬥角的漩渦中心？」

司馬容微微頷首道：「我知道江玉亭是你的酒肉朋友，但為了兒子，我也顧不得這許多。我希望你做個平平凡凡的人，快快樂樂、平平安安過完一生，永遠都不要再跟千門、跟義安堂發生任何關係。但是我沒想到這麼快你又重回長安，重回所有陰謀詭計的中心。也許，這就是佛門所說的因果報應吧。」

任天翔黯然問：「可是，娘為何又出家當了尼姑？還隱匿在這世人難尋、荒僻無人的僻谷小庵？若非趙姨那一串佛珠，我永遠都找不到這裏，也就永遠不會知道娘還活著。」

司馬容喟然嘆息道：「任重遠因我而死，娘永遠都無法原諒自己，所以我只有避世出家，用自己的後半生為之贖罪。為了不再讓人找到自己，所以娘隱名埋姓在這座最荒僻的庵堂出家，除了趙姨，沒有人知道這裏。」

任天翔終於明白，為何趙姨寧死也要守護這個秘密，她是見證了娘這一生的坎坷和痛苦，不想讓她的小姐再捲入這個勾心鬥角、滅絕人性和親情的江湖，為了保守這個秘密，她不惜以身相殉。可恨自己竟然狠心對她用刑，成為逼死她的凶手。

想起趙姨的慘死和她最後的叮囑，任天翔忍不住抬手給了自己一個重重的耳光，自責而悔恨地哭道：「我不該用刑逼問趙姨，就算我永遠被蒙在鼓裏，也不該不相信趙姨。是我害死了她，是我驚擾了娘的靜修……」

司馬容忙握住他的手，含淚安慰道：「翔兒你不用太自責，這一切不幸都是因娘而起，你自始至終都毫不知情。要怪，就怪娘生在一個不平凡的家族，這一切都是命中注定。」

「所有這一切陰謀的策劃者都是我外公？」任天翔突然盯著母親的眼睛，以從未有過的嚴肅質問，「他是誰？是不是就是司馬承禎？」

司馬容急忙搖頭，連連道：「你不要問，你永遠都不要問。我始終都是司馬家的人，每一個司馬家的子女都必須為家族保守秘密，不然我們這個家族，早就被歷代帝王斬盡殺絕。」

雖然母親竭力否認，但任天翔心中還是立刻就有了答案，他不禁一聲冷哼：

「難怪他不止一次地幫我，在洛陽幫我讓陶玉成為玉真公主的貢品，讓我從此在洛陽站穩腳跟；幾個月前又逼我閉關讀書三個月，還送我珍貴無比的《呂氏商經》，然後又親自寫信將我舉薦到聖上跟前，讓我一步登天成為國舅和御前侍衛副總管。他是要將我當成他的棋子，成為他復興司馬家族的伏兵？」

司馬容連連搖頭，張張嘴想要說什麼，但最終卻還是什麼也沒有說。任天翔只感到這層窗戶紙一旦捅破，一切便都變得明朗起來，他顧自在房中徘徊道：

「司馬瑜才高八斗、心計過人，而且還精通各種賭技，一定就是我的表兄弟。難怪他跟我長得挺像，好多人都說我們長得如親兄弟一般。難怪他有時雖然跟我作對，但有時也暗中幫我，他才是外公心目中的嫡傳弟子吧？司馬世家的榮耀主要是寄託在他的身上吧？」

任天翔突然在母親面前停了下來，眼神中閃爍著一種從未有過的寒光：「我不喜歡受人利用，雖然我身上流淌著司馬世家的血脈，但我不會心甘情願為他人做嫁。如果要想重現司馬世家的輝煌和榮耀，那麼也必須是由我而不是別人來實現。」

司馬容眼神悽楚地連連搖頭：「翔兒，世界不是你想像的那樣簡單，有多少心智比你高、實力比你強、機會比你好的梟雄，因野心膨脹，而倒在了爭霸天下的不歸路上。我不想你走上這條路，只希望你平平安安過一生，娘不想為你擔驚受怕。」

任天翔輕輕為母親抹去淚水，柔聲道：「娘，既然我身上流淌著司馬世家的血，我還能平平淡淡過一生嗎？就算我想，司馬家族是否就能放過我？與其像你這樣逃避，不如奮起力爭，反客為主，讓司馬世家為我所用。再說，人的生命只有一次，誰不想在這短暫的一生中建功立業，創造流芳百世的不朽輝煌？」

望著眼神堅定，神情凝重的兒子，司馬容突然發覺他真的是長大了，已經有了自己的追求和主意，甚至有了常人所沒有的野心。她知道那是一條不歸路，但是她卻已經無力阻止。

任天翔其實對什麼江山社稷並沒有多大興趣，他只是不想再讓人當成利用的棋子，尤其得知父親是因此喪命，他更覺得應該為這個生前從未叫過一次的爹爹做點什麼，以補償對他的誤會和歉疚。雖然他不能向母親的家族報復，但至少可以反客為主讓他們為自己所用，司馬世家既然不擇手段要重現先祖的榮耀和輝煌，那麼自己就要奪取他們最為珍視的東西，有什麼比這樣的報復更殘酷更痛快？足以告慰不幸早逝的父親！

「娘，跟我回長安吧，我會好好侍奉你，以補償這些年來的遺憾。」任天翔心中拿定主意，立刻向母親求告，他希望與母親不再分離，甚至希望母親重新蓄髮還俗。

但司馬容卻堅定地搖搖頭：「既已出家，過去的一切就已經跟我再無干係。方才那一番話是我給兒子最後的留言，讓他不再為自己的身世和過去困惑。從今往後，世上再沒有司馬容這個人，只有一介女尼靜閒。」

「娘！」任天翔還想再勸，卻已被司馬容抬手阻止，就聽她淡然道：「如果你還當貧尼是你娘，就請尊重貧尼的決定。如果你再苦苦相逼，貧尼只好追隨趙姨於地下。」

任天翔想了想，試探道：「如果娘一心要修行，孩兒可以給你找一座條件好點的庵堂，最好是離長安近一點，孩兒也好隨時向娘請安。」

司馬容微微搖頭道：「既然是修行，當然是要遠離紅塵熱鬧喧囂，清心寡欲，心靜如水，豈能再牽掛家庭子女和吃住享受？你不要再多言，不然貧尼只好再次避世遠遁。」

任天翔不敢再勸，只得恭恭敬敬地磕了三個頭，然後悄悄退出門來。門外守衛的幾個人見他終於出來，都趕緊圍了上來，方才眾人心中雖然奇怪，但都不好走近偷聽，所以心中充滿了各種疑問，不過見任天翔兩眼紅紅的像是剛剛哭過，幾個人自然又不好開口相詢，一時尷尬萬分。

最終還是高名揚打破沉寂，低聲問道：「有如意夫人的消息麼？」

任天翔黯然搖頭道：「這世上根本就沒有什麼如意夫人，這案子可以到此為止了。大家這一趟都很辛苦，回去我做東，好好犒勞大家。」

幾個人面面相覷，雖然心中滿是疑惑，但見任天翔神情古怪，卻也不好再問。

高名揚與施東照立刻招呼各自的手下撤離，任天翔拉著褚剛拖後一步，對他小聲道：「你留點錢給那看門的嬤嬤，回長安後，你再多帶點錢送過來，最好再找兩個穩妥可靠的姑子到這白雲庵來出家，拜靜閒師太為師，以便服侍師太。」

褚剛點點頭，低聲道：「我這就去辦。」

一行人撤離白雲庵後，依舊沿原路而回，待路過陽臺觀時天色已經大亮，任天翔突然停下腳步，對高名揚和施東照道：「你們在此稍等片刻，我再去拜望一下司馬道長，希望他已經雲遊回來。」

施東照和高名揚都知道司馬承禎是舉薦任天翔的恩人，對他的舉動也沒做他想，便令眾捕快和御前侍衛原地休息，只由褚剛隨同任天翔前去陽臺觀。

二人依舊由小道童帶到山門前，見到他一大早來訪，玄木道長十分詫異，將任天翔讓到會客的大堂，這才陪著小心問道：「不知道任公子為何去而復返？」

任天翔若無其事地道：「在下就是掛念司馬道長，所以臨走前再來問問，不知司馬道長有沒有回來？或者道長知道他什麼時候能回來？」

玄木遺憾地搖搖頭：「家師外出雲遊，短則十天半月，多則一年半載，從無定數。除非他有交代，不然誰也不知他什麼時候能回來。不知公子有何事要見家師？他一回來，貧道立刻替公子轉告。」

任天翔淡淡笑道：「也不是什麼大事，我是想到藏經閣借閱幾本書，不知這是否需要經過司馬道長允許？」

玄木釋然笑道：「這事家師倒是早有交代，說如果任公子登門借書，不管什麼時候都沒問題，咱們定會滿足公子願望。不知公子想借什麼書？」

任天翔沉吟道：「我想借幾本與三國爭霸那段歷史有關的古籍，不知可否？」

「沒問題！沒問題！」玄木答應不迭，「請公子隨貧道來！」

二人來到後院的藏經閣，立刻有小道童滿屋子尋找任天翔所要的書，任天翔也憑著記憶在無數書架書櫃中搜索，片刻後，就找到了十多本各種典籍，都是跟三國爭霸和晉武帝一統天下那段歷史有關。任天翔如獲至寶，令人將這十多本書全部打包帶走，高高興興地滿載而歸。

回去的路上，任天翔一個人躲在密閉的馬車車廂中，仔細研究著所有的古籍。

這馬車原本是為如意夫人準備，沒想到現在卻成了任天翔旅行讀書的專車，也算物盡其用。

所有人都不敢打攪任天翔讀書，只有褚剛不時送清水和乾糧進來，見任天翔徹底沉浸在那些罕見的古籍中，他忍不住問：「不知公子是要在書中查找什麼東西？」

任天翔欣喜地點頭道：「我是在查找三國爭霸這段歷史中，所有有趣的記載。」

褚剛似懂非懂地問：「公子可有發現？」

任天翔得意洋洋地點頭道：「我發現了很多有趣之處，比如智計過人的諸葛亮，在遇到司馬懿之前，基本上都是一帆風順屢戰屢勝。但在遇到司馬懿之後，雖然也勝多負少，卻始終拿司馬懿毫無辦法，司馬懿總有辦法在最後關頭，讓諸葛亮所有北伐的努力都付諸東流。」

「這有什麼奇怪？」褚剛不以為然道，「這只說明司馬懿是與諸葛亮旗鼓相當的對手，而且司馬懿還比諸葛亮略勝一籌，所以才始終壓著諸葛亮一頭。」

任天翔微微搖頭道：「事情不是那麼簡單，所有與諸葛亮旗鼓相當的對手都沒有好結果，唯有司馬懿活了下來，而且還為最終三國歸晉打下了堅實的基礎。」

褚剛疑惑地撓撓頭問：「這能說明什麼？」

「若只有這點，什麼也說明不了。」任天翔沉吟道，「不過，我在古籍中又發現了有趣的一點。即最早推薦諸葛亮給劉備的，是自號水鏡先生的司馬徽，另一個向劉備推薦諸葛亮的徐庶，跟他也是關係非淺的好友。而司馬懿跟他是同族，可以肯定他們也有極深的淵源。」

褚剛越發糊塗，茫然問：「那又怎樣？」

任天翔悠然笑道：「司馬徽將自己同族晚輩安插在曹操身邊，將諸葛亮推薦給最有潛力的劉備。我堅信這兩個人是他安插在不同陣營的最重要棋子，他先以司馬世家的情報暗助諸葛亮，所以諸葛亮一出山就屢戰屢勝，奠定了他在蜀國神一般的地位。但在遇到司馬懿時，諸葛亮就像完全變了個人，始終拿司馬懿束手無策，而司馬懿雖然屢占上風，卻始終沒有對諸葛亮趕盡殺絕。我想那是因為諸葛亮這個強大對手的存在，使司馬懿父子在魏國的地位無人可以替代，這不僅保障了司馬懿父子的安全，也為最終奪取魏國政權，進而一統天下打下了堅實的基礎。」

褚剛越發疑惑：「公子怎麼突然研究起歷史來了？」

任天翔意味深長地笑道：「因為現在也有人想將我當作棋子，想讓我成為協助司馬懿成就霸業的諸葛亮。只是我並不甘心做諸葛亮，研究前人的計策和謀略，就是要找出他們行棋的風格和規律，然後與當世最高明的棋手，在縱橫萬里的棋枰上，一決高下！」

墨陵

第十二章

自從得知自己誤會任重遠後，任天翔第一次感到懊悔，他的心中一直有一種無法解脫的負疚感。

矗立在古墓前，任天翔在心中暗自發誓：

你沒做到的事，我會替你做到，我會讓義安堂在我手中發揚光大。

回到長安的第二天，任天翔就接到內侍的傳召。匆匆趕到勤政殿，就見皇上憂心忡忡地在殿中來回踱步，緊鎖的雙眉暴露了他心中的猶豫和彷徨。

見到任天翔進來，他忙示意免禮，跟著就問：「契丹人的叛亂越演越烈，范陽那邊不斷傳來邊關將領的奏摺，懇請安祿山回范陽坐鎮。任愛卿怎麼看？」

任天翔立刻就猜到，這肯定是安祿山在暗中搗鬼，給朝廷施加壓力。他知道這個時候揭露安祿山的陰謀，聖上未必會信，而且自己還會因此失寵，但要讓他為安祿山打包票，他肯定也不願意。

他想了想，逐字斟酌道：「安祿山貌似忠厚，實則胸有城府，不然也不能以范陽一府兵馬，壓制契丹人多年。他若為善，則國之大幸，他若為惡，則國之大禍。事關重大，微臣不敢輕下判斷。」

李隆基怒道：「在朕左右為難之時，連你也不能為朕分憂，拿個主意，朕留你們這些庸臣何用？」

「聖上息怒！」任天翔從容道，「微臣雖不敢輕下判斷，但有一策，或可為聖上分憂。」

李隆基忙道：「快講！」

任天翔沉吟道：「安祿山長子安慶宗，不僅生得一表人才，更難得才幹過人，最得乃父信賴和喜愛。這位世子如今正在長安，如果聖上能找個藉口將他留在京中，對其恩威並施，或許可令安祿山死心塌地，效忠朝廷。」

李隆基終於停止踱步，手撫髯鬚沉吟道：「愛卿意思將他留在京中為質？可是要找個什麼樣的藉口，才能令安祿山不反感呢？」

任天翔小聲提醒道：「聽說這位世子尚未婚配。」

李隆基眼睛一亮，忙回頭吩咐高力士道：「快查查可有年齡合適的公主或宗室女子，朕要賜婚安慶宗，與安祿山結為親家。這樣一來，不僅可以名正言順地將安慶宗留在長安，還可借機賞以高官厚爵，在朕恩威皆施之下，朕不信安祿山還能生出異心。」

高力士領旨而去，片刻後回來稟報道：「經老奴查證，確有一位公主與安慶宗年齡相符。」

「太好了！」李隆基大喜，抬手一揮，「宣安祿山和安慶宗覲見，朕要賜婚！」

皇帝一句話，一樁婚事就這樣定了下來。

不多時，安祿山父子來到殿上，高力士便將皇上的意思給他們講明，二人自然不會有任何異議，立即高呼萬歲磕頭謝恩。

李隆基呵呵笑著吩咐道：「朕已讓人查過日子，半個月後就是黃道吉日。兩位愛卿速速回去準備，有什麼需要儘管向內務府開口。」

安祿山父子連忙謝恩告退，待他們走後，李隆基這才轉向任天翔，喜怒難測地淡淡道：「聽說任愛卿自有了尚方寶劍，頓時炙手可熱，在京中鬧出了不小的動靜。不知可找到那個石國叛將和他的同黨？」

任天翔忙低頭答道：「微臣正在全力追查，只是暫時還沒有找到他們。」

李隆基一聲冷哼：「追捕他們需要去驪山和王屋山嗎？」

任天翔沒想到自己的行動俱在聖上掌握之中，不知是御前侍衛還是刑部捕快中有直通天庭的眼線，他額上冷汗不禁涔涔而下，不知如何回答才好。

就聽皇上淡淡道：「幾個月過去，一直沒有那叛將和其同黨的下落，朕以為他們早已經離開了長安，再在長安附近追查已經沒有任何意義。你還是將尚方寶劍交回來吧，這件事暫時到此為止。」

任天翔趕緊答應，心中卻七上八下忐忑不安。雖然皇上沒有降他的職，也沒有嚴加訓責，但僅僅收回尚方寶劍，就已經表明自己已開始在皇上面前失寵，若非今日為聖上獻了一計，只怕保不住的就不僅是尚方寶劍了。

處立刻向朕稟報。」

「退下吧！」李隆基懶懶地擺了擺手，「安祿山那裏你還得繼續盯著，有什麼可疑之處立刻向朕稟報。」

「遵旨！」任天翔連忙告退，出得殿門後，正要習慣性地在同僚手中拿回佩劍，才突然意識到聖上已經收回了尚方寶劍，他只得悻悻地空手離開，心中卻在不住揣測，御前侍衛和刑部捕快中，哪些人有可能是聖上放在外邊的眼線？不過想了半天依舊不得要領，他只得在心中暗暗提醒自己，以後再有秘密行動，再不可輕易動用官府的公人。

十幾天時間很快過去，安慶宗與公主的婚事以令世人瞠目結舌的速度盛大舉行。任天翔和他那幫兄弟都收到了請柬，眾人便相約來到駙馬府，向安慶宗祝賀。

對於安慶宗不僅娶得金枝玉葉，還一步登天被聖上授予正四品忠武將軍，眾人都羨慕萬分，只有任天翔知道這樁婚事的真實背景，不禁暗自為安慶宗感到惋惜。

在前來賀喜的眾多賓客中，任天翔看到了司馬瑜，在他的示意下，任天翔避開眾人隨他來到後院一間廂房。

看到司馬瑜眼中閃爍著一絲壓抑不住的喜色，任天翔忍不住玩笑道：「還從來沒有見過兄長像今天這樣高興，不知道的人還以為今晚的新郎是兄長你呢。」

司馬瑜欣然笑道：「實不相瞞，待婚宴結束，安將軍就將連夜離開長安。」

任天翔雖然早知有此結果，但還是有些意外，皺眉問：「為何要走得這般急？」

司馬瑜嘆道：「前方軍情緊急，安將軍想儘快回到前線。而且京中有重臣對安將軍始終懷有猜疑之心，安將軍也怕夜長夢多。將軍臨走之前想再見兄弟一面，不知兄弟可否出城相送？」

任天翔猶豫起來，他一向對安祿山並無多少好感，而且又知道安祿山胸懷有不軌之心，這個時候無論如何得儘量避嫌。

他正要拒絕，就聽司馬瑜意味深長地笑道：「安小姐今晚也將隨父親回范陽，如果兄弟錯過這次機會，只怕以後就再無相見之日了。而且那塊義字璧碎片，安將軍也想在離開長安之時親手交給你，也算是履行為兄當初許下的諾言。」

任天翔心中一動，立刻點頭答應：「好！我隨你去！」

隨著司馬瑜避開眾人悄悄離開駙馬府，二人縱馬來到驃騎將軍府，就見將軍府後門外早有幾個黑影等在那裏，見到二人到來，幾個人立刻翻身上馬，直奔最近的城門。

任天翔稀里糊塗隨眾人來到城門下，就見城門緊閉，城門上守衛的兵卒聽到馬蹄聲急，連忙高聲喝問：「什麼人？」

「是御前侍衛副總管任大人！」有人用燈籠照亮了任天翔的臉，然後喝道，「任大人有緊急公務出城，還不速速打開城門？」

守城的兵卒只知道任天翔是擁有尚方寶劍的寵臣，卻不知道他的尚方寶劍已被聖上收回。幾個兵卒不敢怠慢，趕緊打開城門，任天翔便在眾人蜂擁之下匆匆奪門而出，直到出城數里，任天翔才回過味來，忍不住一聲長嘆：「我要讓你們給害死了！」

奔行的騎手勒馬停了下來，就見領頭的騎手摘下連著大氅的絨帽勒轉馬頭，卻正是驃騎大將軍、三府節度使安祿山！

在他身旁除了辛乙辛丑等幾個護衛，還有一身戎裝的安秀貞。就見他控馬緩緩來到任天翔面前，拱手笑道：「多謝任大人相送，安某他日必圖厚報。」

任天翔搖頭苦笑道：「既然聖上已下旨令安將軍克日啟程回范陽，將軍又何必急在這一時？」

安祿山嘿嘿笑道：「安某被軟禁已久，早已是驚弓之鳥，最怕夜長夢多，所以特借任大人之名連夜出城。從現在起，所有人都知道任大人與安某關係非淺，所以還請任大人替安某照顧犬子慶宗，必要的時候，協助馬師爺將慶宗也弄出城。」

任天翔心中暗暗叫苦，沒想到司馬瑜會來這樣一手，以美色加上利誘，讓自己稀裏糊塗就成了安祿山的同黨，讓他與安祿山之間徹底說不清楚。事到如今，他只得苦笑道：「安將軍放心，卑職知道該怎麼做。」

「哦，對了！」安祿山突然想起了什麼，忙向司馬瑜略一示意，司馬瑜立刻拿出一個包裹遞到任天翔手中。

安祿山笑著解釋道，「這是馬師爺答應過你的那塊玉片，安某現在就為馬師爺履行諾言。本來還有一張四十萬貫的欠條，也該一併還給任大人作為感謝，不過安某想留下任大人的墨寶作個紀念，至於那四十萬貫錢，任大人可不必還了。」

聽安祿山免去自己的債務，任天翔心中並無一絲欣喜，他知道那張欠條成了他與安祿山勾結的證據，將來如果安祿山有事要用到自己，自己若不為他所用，那張欠條再加上今晚親自送安祿山出城的事實，定會讓自己跳進黃河也洗不清。

他不禁苦笑問道：「安將軍這一連串的手段，都是出自馬師爺那聰明過人的頭腦吧？」

安祿山毫不否認地點頭笑道：「馬師爺非常器重任大人，所以不惜在任大人身上費盡了心機。安某也希望任大人能像馬師爺這樣，成為安某倚重的左膀右臂。」

任天翔望向司馬瑜淡淡笑道：「沒有人願意被人當成傻瓜，將來有機會，我倒是希望能向馬師爺請教。」

安祿山哈哈一笑：「那你一定會非常後悔。」說著他轉向身旁的安秀貞，「貞兒，跟任大人道個別，咱們在前面等你。」

安祿山說完調轉馬頭，打馬向前方疾馳，眾人立刻跟著他呼嘯而去，就只有安秀貞留了下來。

望著面前這個透著幾分野性之美的異族少女，任天翔第一次覺得自己在女人面前變得有些手足無措，不知說什麼才好。

二人默然片刻，終於由安秀貞打破了寧靜：「如果你希望我留下來，也許我會考慮。」

任天翔心中一動，但立刻就連連搖頭：「我不希望你留下來，因為長安對你來說不啻於囚籠，我不會讓自己喜歡的女人被關進囚籠。」

安秀貞原本淡漠無情的眼眸中，第一次閃過一絲異樣和感動。她默然片刻，遲疑道：「那……我走了，以後有機會，就到幽州來看我。」

任天翔點點頭：「但願我還有機會。」

安秀貞調轉馬頭，縱馬追上了已經走遠的同伴。

安祿山回頭看看遠處任天翔朦朧的身影，再看看身旁神情平靜的女兒，忍不住問：「他沒留你？」

安秀貞搖搖頭：「沒有！」

安祿山有些意外：「不說這小子是個有名的風流浪子嗎？怎麼突然轉性了？難道是我女兒不夠漂亮，不足以讓他動心？」

司馬瑜若有所思地道：「也許，他是真正喜歡上了小姐。」

十幾匹快馬說話間又奔出了數里，眼看身後的長安城已徹底消失在夜幕深處，安祿山這才緩緩勒馬停了下來，回頭向緊跟而來的司馬瑜拱手道：「咱們就在這裏分手吧，這裏的一切就拜託先生了。」

司馬瑜拱手還拜道：「將軍放心去吧，在下定為將軍拿到你想要的東西，並想辦法將世子弄出長安。」

安祿山點點頭，抬手往遠處一指：「我讓朗傑巫師和他的弟子留下來幫你，有什麼需要，盡可向他開口，他和他的人都將唯先生馬首是瞻。」

司馬瑜順著安祿山所指望去，就見遠處的曠野中，隱隱約約出現了幾點綠幽幽的鬼火，司馬瑜向那個方向揮了揮手，就見那幾點鬼火向下沉了幾沉，像是在應答一般。司馬瑜點點頭，對安祿山拜道：「多謝將軍信任，在下定不會讓將軍失望。」

「一切就拜託先生了！」安祿山說著拱手拜別，然後調轉馬頭，率眾縱馬疾馳而去。

在他身後，司馬瑜與辛乙並肩而立，目送著十餘騎快馬，轉眼消失在夜幕深處。天邊突然響起隱隱的雷聲，與漸漸遠去的馬蹄聲隱隱應和。

司馬瑜抬頭看看幽暗的天際，滿含期待地輕嘆：「看來暴風雨即將來臨，這個世界要變天了……」

就在十餘里之外的曠野中，任天翔也在望著隱約閃爍的天際發怔，聽到那越來越近的雷鳴聲，他不禁喃喃自語：「這個時節還有雷閃雷鳴，莫非……真有大事要發生？」

當任天翔回到長安之時，暴雨已傾盆而下，而他也徹底變成了一隻落湯雞。

不過在傾盆暴雨之中，他並沒有立刻回家，而是縱馬直奔東城的崇善坊，季如風的住處就在那裏。雖然那裏的燈火已經熄滅，他還是毫不猶豫地上前敲響了門環。

一個老家人開門將他迎進大門，披衣而起的季如風一見是他，連忙將他領進後院一間僻靜的廂房。知道他不會無緣無故深夜到訪，所以季如風開門見山問道：「有大事？」

任天翔拿出安祿山讓司馬瑜交給自己的那個包裹，小心翼翼地慢慢打開，肅然道：「這就是蘇槐用性命換來的那塊義字璧碎片。」

季如風既意外又驚訝，忙問：「你是從何得來？」

任天翔知道瞞不過這老狐狸，只得實言相告：「是從安祿山手中。」

季如風神情大變：「你跟他做了交易，助他離開了長安？」

見任天翔點頭承認，季如風不禁跺腳嘆道，「放虎歸山，天下必因此而亂！」

任天翔不以為然地聳聳肩頭：「就算我不幫安祿山，聖上遲早也會放他回范陽。安祿山早已經是尾大不掉，聖上不可能因懷疑就撤換駐邊重將，安祿山回范陽是遲早的事。」

季如風連連搖頭，負手默然無語，半晌後，突然拿起那塊義字璧碎片，毅然道：「現在咱們必須儘快找到祖師爺的陵墓，起出祖師爺陵墓中的珍寶。」

任天翔頷首道：「我也是這個意思，不過，還有最後一塊義字璧碎片在洪景手中，咱們如何拿回來？」

季如風在房中踱了幾個來回，最後在任天翔面前停了下來，毅然道：「既然不能讓任小姐插手，又不能巧取豪奪，咱們只好跟洪景攤牌。」

任天翔沉吟道：「攤牌？如何攤牌？」

季如風沉聲道：「把咱們已經擁有六塊義字璧碎片的事實告訴洪景，讓他跟咱們合夥。祖師爺墓中的東西按比例分給他一部分，他肯定會答應這筆交易。畢竟他守著一塊玉片也沒什麼用處。」

任天翔苦笑道：「如果我是洪景，必定會要求要一半，因為義字璧少了任何一塊都沒用，所以他不會答應只要七分之一，任何人在這個時候都會爭取最大的利益。」

季如風無奈嘆道：「如果洪景堅持要一半，我們恐怕也只有答應。」

任天翔突然若有所思地道：「也許，我們可以試試在洪邪身上想想辦法。我想他應該比他父親要好對付一點，如果能從他身上打開缺口，也許我們可以神不知鬼不覺就拿到咱們想要的東西。」

季如風眼睛一亮，微微頷首道：「公子所言極是，不知你有何良策？」

任天翔示意季如風附耳過來，然後再在他耳邊小聲嘀咕半晌，季如風聽得連連點頭，欣然答應道：「就照公子所說去辦，我會在暗中協助你。事成之後就照咱們原來的約定，墓中的財寶全部歸你。」

一夜大雨過後，第二天卻是個大晴天。任天翔讓褚剛選了幾件禮物，然後讓崑崙奴兄弟捧著，徑直去了洪勝幫在長安的總舵。

自從妹妹嫁入洪家後，他很少再見到妹妹，一來他反感洪邪，二來洪邪也對他心懷畏懼，所以雙方雖是親戚，卻很少往來走動。今見任天翔突然登門，洪邪頓時慌了手腳，親自迎出大門，心懷惴惴地將他迎進大堂。

「天琪呢？」任天翔笑呵呵地問，「聖上賞了我不少好東西，都是宮裏的娘娘們才能用上的稀罕物，可惜我一個大男人也用不上，就給天琪送了來，她肯定喜歡。」

說話間就見任天琪由內堂出來，兄妹二人多日不見，都是十分歡喜。

任天翔仔細打量妹妹，見她比過去豐滿圓潤了一些，正由一個天真活潑的少女向風韻多姿的少婦在轉變，他呵呵笑道：「長胖了點，看來我妹夫沒有虧待你，我得好好謝謝他。」

任天琪欣喜地問：「三哥現在是個大忙人，怎麼突然想起來看我？」

任天翔正色道：「再忙，我也要抽空來看望你和我妹夫，這長安城我也沒別的親人，難道還不許我上門走動？」

洪邪忙陪笑道：「那是那是，以後三哥儘管常來，小弟歡迎之至。」

任天翔親熱地拍拍洪邪肩頭：「咱們兩兄弟也有好久沒見，你去準備酒菜，我今天還帶了兩罈御賜的好酒，待會兒咱們定要一醉方休！」

洪邪忙知趣地告退，待他走後，任天翔這才細細打量任天琪，見她雖然在生活上安逸富足，但眉宇間卻有一絲淡淡的抑鬱，他忍不住問：「洪邪……對你還好吧？」

任天琪眼中泛起一絲迷茫，沉吟道：「自從上次那事發生後，邪哥像是變了個人，對我百依百順，處處寵著我讓著我，但我卻覺得我跟他之間有了一種隔閡，而且我們之間……也再沒有當初那種激情。」

任天翔見妹妹臉頰微紅，神情扭捏，便知這涉及到他們夫妻間的隱私，他也不好細問。估計是上次將洪邪嚇得夠嗆，在他心中產生了陰影，所以他才會對天琪敬而遠之，任天翔沒料到會是這種結果，只得安慰道：

「也許洪邪還沒有從上次的牢獄之災中走出來，你要多關心他，給他時間慢慢恢復。」

任天琪點點頭，轉過話題笑問：「三哥今天不止是來看望我吧？」

任天翔故意板起臉孔質問：「你怎麼這樣說？難道你懷疑你三哥的誠意？」

任天琪狡黠地笑道：「我從小跟你一塊長大，對你可稱得上是瞭若指掌。我知道只要你開始不自覺地搓手，就是在說謊。」

任天翔嚇了一跳，沒想到妹妹竟然看穿了自己這個從未意識到的小動作。不過他也是機靈之人，忙笑道：「你的鬼心眼還真多，不錯，三哥這次來是有件事一直擱在心頭，不找你問清楚，我始終心有不安。」

任天琪忙問：「是什麼事？」

任天翔正色道：「就是上次在義安堂，天琪為什麼要公然說謊，不承認將任重遠傳給我的玉片親手轉交給了我，讓我與義安堂徹底翻臉。」

任天琪頓時有些尷尬，吶吶半晌才道：「是娘教我這樣說的，娘跟我說，如果不這樣說，舅舅有可能就做不成義安堂堂主，而且娘還會被追究假傳爹爹遺言的往事，依照義安堂的戒律，娘和舅舅都會受到嚴懲，所以……」

「你別說了，我理解，這事不怪你。」任天翔擺手打斷了任天琪的話，「這事既然已經過去，就讓它過去吧。如果我是你，在那種情況下也會這樣做。」

任天翔嘴裏說得輕鬆，心中卻暗自發狠道；蕭倩玉假傳爹爹遺言，讓蕭傲做了堂主。既然他們是以不正當手段竊取了義安堂堂主的位置，那麼就別怪我以同樣的手段將它拿回來！

兄妹二人聊了不到半個時辰，就見洪邪興沖沖進來道：「三哥，酒宴已經備好，請三哥入席。」

任天翔正色道：「今日只是家宴，我不要任何不相干的人作陪。就我跟妹妹還有妹夫，咱們三個好好喝個痛快。」

洪邪無奈，只得答應道：「好！我這就讓下人撤去多餘位置，就小弟陪三哥一醉方休。」

片刻後，酒宴準備妥當，洪邪便領著任天翔入席。

席間，任天翔顯得異常高興，每每酒到杯乾，不一會兒就喝得醉意醺醺。

任天琪怕他喝多了傷身體，多次阻攔卻哪裡攔得住？不僅沒能攔住，他還借著酒意對任天琪發火道：「這是我跟妹夫……我們男人之間的事，你一個女人瞎攙和什麼？我要跟妹夫說幾句男人之間的悄悄話，你……走開……」

任天琪無奈，只得紅著臉退了出去。

待她走後，任天翔攬著洪邪的肩頭，大著舌頭道：「妹夫，你知道我今天為什麼來找你喝酒？因為我心裏高興！」

洪邪陪笑道：「三哥有什麼高興的事？說出來讓小弟也跟著樂呵樂呵。」

任天翔看看左右，又對洪邪吩咐：「你先去將門關上！」

洪邪依言關上房門，就見任天翔神情得意地從懷中拿出一個錦盒，壓著嗓子道：「我得到了一件寶貝，堪稱價值連城，給妹夫你開開眼。」

洪邪好奇地打開錦盒，就見盒中只是一塊粗劣的墨玉碎片，看起來毫不起眼。不過他眼中卻突然泛起一絲異色，顯得十分吃驚。

這沒有逃過任天翔的目光，他故意問：「見過這樣的寶貝嗎？要不是我，你這輩子連看一眼的機會都沒有。」

洪邪頓時有些不屑，撇嘴道：「這樣的玉片我爹爹手裏就有一塊，也沒什麼了不起。」

任天翔醉眼一翻：「你爹爹手裏有一塊？我不信！你在吹牛！」

洪邪不屑地笑了笑，卻沒有爭辯。

任天翔卻不依不饒，拉著洪邪道：「快承認你在吹牛，是在我跟前說大話，自己罰酒三杯。」

「我真沒吹牛！」洪邪急道，「我爹爹手裏真有一塊，我看不出這東西有什麼寶貝，值得拿出來炫耀。」

任天翔大著舌頭道：「你爹爹手裏如果真有一塊，只要拿出來讓我看上一眼，我就將自己這塊輸給你。如果你拿不出來，就得承認自己是在吹牛，馬上給我喝酒賠罪。」

洪邪猶豫起來，最後一咬牙：「好！你等著！我這就拿給你看！」

洪邪出門而去，沒多久就拿了個錦盒進來。

他仔細關上房門，打開錦盒遞到任天翔面前：「我沒吹牛吧？這東西毫不起眼，我都不知道有什麼好寶貝的。」

任天翔驚訝地拿出那塊墨玉碎片，一眼就認出它就是義字璧最後那一塊。他翻來覆去看了又看，又拿出自己那塊對比了半晌，最後終於承認：

「不錯不錯！它跟我這塊是一樣的東西，都是價值連城的寶貝。」

洪邪好奇道：「它究竟有何稀奇？能讓三哥如此看重？」

任天翔微微笑道：「你想知道？」

洪邪連忙點頭：「非常想。」

「那好，你去將門拴插上。」任天翔淡淡道。

「門外有我的人守候，不會有人闖進來。」洪邪忙道。

「不怕一萬，就怕萬一。你插不插？不插拉倒！」任天翔說著作勢要收起玉片。

洪邪無奈，只得道：「好好好！我去將門拴插上。」

就在洪邪起身去插門這短短一瞬間，任天翔飛快地將他那塊玉片放入自己帶來的錦盒，關上盒子使勁一壓，然後又趕緊拿了出來，依舊放回到原來的錦盒中。

待洪邪轉過身來，他已經做完了一切，面對洪邪的疑問，他大著舌頭道：「你聽說過秦始皇的長生不老藥麼？這塊玉片中就藏有長生不老藥的秘密，如果誰能破解這個秘密，然後將它獻給皇上，那你說皇上得賞他多大的官，多貴重的金銀財寶？」

洪邪聞言大失所望，收起自己的錦盒調侃道：「那我得將它好好收好，升官發財就在它的身上。三哥那塊你還是自己留著吧，我可不想奪人所愛。」

任天翔連忙收起自己那塊玉片，突然像想起了什麼，不禁一拍腦門：「對了，差點忘了，今天是我在宮中當值，怎麼我竟將此事忘得乾乾淨淨。我得趕緊回宮，妹夫告辭，這酒咱們改日再喝！」

匆匆忙忙離開洪勝幫總舵，任天翔拿出懷中那個錦盒，小心翼翼打開一看，錦盒內是滿滿一盒印泥，方才洪邪拿出的那塊玉片，其花紋和輪廓清晰地印在了印泥之內。任天翔立刻對褚剛吩咐：「馬上去找最好的玉匠，照著這輪廓和花紋，做一塊一模一樣的玉片！」

長安城金城坊是金銀玉匠們聚集之處，任天翔很快就在這裏找到了一家手藝精湛的老字號。他將錦盒交給那經驗豐富的老玉匠，叮囑道：「照著這印泥中的輪廓和花紋，做一塊一模一樣的玉片，我重重有賞！」

老玉匠沒有多問，立刻拿出一塊玉片照著樣子打磨斧鑿，不到半個時辰，一塊仿製的玉片就做了出來。任天翔拿出自己的玉片與之一對，邊沿嚴絲合縫，上面的花紋也一一對齊，除了成色和年代，與原來那塊幾無二致。

任天翔興奮地一跳而起，想著自己神不知鬼不覺就拿到了最後這塊玉片，而且還沒有讓洪勝幫的人發覺，他不禁得意非常，轉頭對褚剛吩咐：「走！」

「去哪裡？」褚剛忙問。

「去郊外！」任天翔跳上馬車，志滿意得地吩咐，「我要去拜祭任重遠……也就是我爹，我要讓他知道，我沒有辜負他的期望，義字璧最終會在我手中破壁重圓！」

自從得知自己一直都在誤會任重遠後，任天翔第一次開始感到懊悔，尤其如今天人永隔，再沒有機會挽回和補償，他的心中就一直有一種無法解脫的負疚感。如果能實現任重遠一生都未能實現的抱負，或許便可以告慰他在天之靈了。

矗立在郊外那座幾乎看不出輪廓的古墓前，任天翔在心中暗自對任重遠發誓：你沒做到的事，我會替你做到，我會讓你創立的義安堂，在我手中發揚光大。

就在任天翔高高興興離開洪勝幫總舵的時候，洪邪也正高高興興地向躲在內堂中的父親，詳細彙報方才任天翔借方才與他喝酒之機，激他拿出義字璧碎片，並以印泥拓印碎片的情形。

洪景略顯意外，打開錦盒拿出那塊碎片，遞給身旁的洪勝幫智囊，綽號銀狐的老者段天舒，淡淡問：「段長老怎麼看？」

段天舒將玉片湊到鼻端嗅了嗅，沉吟道：

「我以為這小子會用一塊假的玉片換走這塊真的，所以在其上下足了千里香，沒想到他只是用印泥盜拓，這倒是出乎老夫預料，讓咱們無法靠跟蹤千里香追蹤那玉片的去向。不過咱們已在義安堂安插有眼線，如果再派人日夜不休地跟蹤這小子的行蹤，那麼只要他有所行動，就都逃不過咱們的耳目。與其追蹤那些玉片的下落，不如在他們找到墨子墓之後再出手，便可一舉成功！」

洪景欣然點頭贊同：「不錯！螳螂捕蟬，黃雀在後，就讓他們為咱們奔波操勞，待他們歷盡千辛，以為成功在望之時，咱們再給他們來個連鍋端，有什麼事比這更讓人興奮的嗎？」

三人哈哈大笑，胸中都充盈著一種勝券在握的得意。

洪邪更是怨毒地道：「任天翔啊任天翔，你對我所做的一切，我若不十倍百倍地報答你，我就不姓洪！」

洪景滿意地拍拍兒子肩頭：「不錯！這才像是我洪景的兒子！別看姓任的小子現在是春風得意，年紀輕輕就做了御前侍衛副總管，其實他在官場沒有任何根基，更沒有任何背景和靠山，全靠著皇帝老兒一時興起才一步登天。國舅？狗屁，只要我洪景略施小計就能將他扳倒，長安城還輪不到他來風光。」

洪邪切齒道：「那爹爹何不早一點將他扳倒，我恨不得立刻就報了當初之仇。」

洪景拍拍兒子肩頭：「別被仇恨沖昏了頭腦，他現在對我還有大用。我要借他之手拿到義門先輩夢寐以求的東西，待那東西到手，咱們再慢慢收拾他不遲。記住，現在無論對義安堂還是對那小子，你都必須要隱忍，要讓他們以為，你已經被他們徹底治服，再不敢有半點反抗和異心。」

洪邪點頭道：「爹爹放心，孩兒知道該怎麼做。」

洪景點點頭，轉向段天舒吩咐：「你立刻調集洪勝幫精銳暗中準備，就等義安堂以為得計後再動手。」

段天舒連忙拱手道：「屬下遵命，我這就去準備！」

長安城郊外一座荒山之上，正好可以俯瞰長安大半個城郭。司馬瑜負手矗立在山巔，眼中隱約閃爍著一絲焦急和期待。

一隻信鴿撲簌簌落到他的身邊，辛乙連忙抓住信鴿，欣喜道：「先生料事如神，長安終於有信到！」

司馬瑜接過辛乙遞來的竹筒，倒出竹筒中的信小心展開，就見其上密密麻麻寫滿了字。他細細將信看完，眼中頓時閃過一絲喜色。辛乙見狀笑道：「有好消息？」

司馬瑜點點頭：「義安堂將有所行動，洪勝幫也在秘密調集人手，看來義門流傳千年的傳說即將實現，某件足以翻天覆地的東西即將現世了。」

話音剛落，就聽身後傳來一個陰惻惻的聲音：「不知先生能否將那封信給本師也看看，咱們是一條船上的同夥，理應消息共用，風險共擔。」

司馬瑜不用回頭也知道是朗傑，薩滿教蓬山老母座下最得力的大弟子。他原本深得安祿山倚重，沒想到安祿山卻讓他聽從司馬瑜指揮，這讓他心中有幾分不服。

面對他的無理要求，司馬瑜不以為意地笑了笑，毫不遲疑地將手中的密函遞給了他。朗傑接過來一看，頓時一頭霧水，雖然他也精通唐文，密函上每一個字也都認識，但他翻來覆去看了半晌，卻始終沒讀懂是什麼意思。他只得悻悻地將密信還給司馬瑜，一言不發退過一旁。

司馬瑜轉頭對他和辛乙道：「將軍將重任交託於我，在下不敢有絲毫懈怠。我知道你二人皆是將軍倚重的左膀右臂，在下何德何能，豈敢指揮兩位？只是此事關係重大，希望咱們三人能通力協作，共同完成將軍的重託。」

說著司馬瑜緩緩伸出手來，辛乙立刻伸手與之相握，朗傑略一遲疑，最終還是悻悻地伸出手。三人的手緊緊握在一起，司馬瑜沉聲道：「從現在起，咱們三人不分彼此，所有行動和決斷必須由兩人以上做出，不知兩位意下如何？」

辛乙與朗傑對望一眼，皆毫不遲疑地點了點頭。

請續看《智梟》6 義璧重圓

大唐秘梟 卷5 終南捷徑（原名：智梟）

作者：方白羽
發行人：陳曉林
出版所：風雲時代出版股份有限公司
地址：105台北市民生東路五段178號7樓之3
風雲書網：http://www.eastbooks.com.tw
官方部落格：http://eastbooks.pixnet.net/blog
Facebook：http://www.facebook.com/h7560949
信箱：h7560949@ms15.hinet.net
郵撥帳號：12043291
服務專線：(02)27560949
傳真專線：(02)27653799
執行主編：朱墨菲
美術編輯：許惠芳

法律顧問：永然法律事務所 李永然律師
北辰著作權事務所 蕭雄淋律師

版權授權：方白羽
初版換封：2016年12月

ISBN：978-986-352-383-3

總 經 銷：成信文化事業股份有限公司
地　　址：新北市新店區中正路四維巷二弄2號4樓
電　　話：(02)2219-2080

行政院新聞局局版台業字第3595號 營利事業統一編號22759935

定價：280元　特價：199元

國家圖書館出版品預行編目資料

大唐秘梟 ／ 方白羽著. -- 初版-- 臺北市：風雲時代，
2016.08 -- 冊；公分

ISBN 978-986-352-383-3（第5冊；平裝）

857.7　105015223